RENEWALS 458-4574

DATE DUE

GAYLORD			PRINTED IN U.S.A.

COLECCION
GRANDES AUTORES

ANA MARIA MATUTE

EL POLIZON DEL ULISES

PREMIO LAZARILLO 1965

DIBUJOS DE HUGO FIGUEROA

EDITORIAL LUMEN

Diseño: Joaquín Monclús

Publicado por Editorial Lumen, S.A.,
Ramon Miquel i Planas, 10 - 08034 Barcelona.
Reservados los derechos de edición
para todos los países de lengua castellana.

© Ana María Matute, 1965

Impreso en Liberduplex, S.L.,
Constitución, 19 - 08014 Barcelona.

Depósito Legal: B-38.902-1999
ISBN: 84-264-3022-8
Printed in Spain

Ana María Matute nació en Barcelona el 26 de julio de 1926.

Es la tercera, de cinco hermanos. De niña, le gustaba el teatro, los museos, la naturaleza. Dibujaba y escribía cuentos. Su padre le regaló un guiñol y ella se metía en el escenario e inventaba funciones. En verano, la familia se trasladaba al pueblecillo de Mansilla. Allí Ana María aprendió a amar los bosques, las flores, el río.

Tenía diez años cuando estalló la guerra civil. Este suceso cambió totalmente su vida, trastornó su pequeño mundo. Conoció la miseria, el miedo, presenció hechos tristes y violentos. Quedó tan profundamente impresionada que en casi todas las novelas que ha escrito para personas mayores aparece nuestra guerra.

Tenía veinticinco años cuando ganó el primer premio literario. Desde entonces ha conseguido muchos más – Premio Café Gijón 1952, Premio Planeta 1954, Premio de la Crítica 1958, Premio Cervantes 1959, Nadal 1959– y se ha afianzado su triunfo, imponiéndose como uno de los mejores novelistas de la España actual y de los más tráducidos a otros idiomas.

Tiene un hijo que se llama Juan Pablo.

Para él, cuando era niño, y para vosotros escribió Ana María estos cuentos...

Todos los niños del mundo,
menos uno, crecen

Peter Pan

1. LA CASA DE LAS TRES SEÑORITAS

La historia que voy a contar arranca de cierta noche de mayo, en casa de las tres señoritas. Ocurrió hace tiempo, pero la verdad es que lo mismo pudo ocurrir hace cien años, que dentro de otros cien, que ayer, o que hoy. Porque ésta es sólo la historia de un muchachito que, un buen día, creció.

Pues bien, cierta noche de mayo, de cualquier año, de cualquier país, llamaron con tres fuertes aldabonazos a la puerta de las tres señoritas.

Las tres señoritas se llamaban Etelvina, Leocadia y Manuelita. Las tres eran hermanas, huérfanas de un rico terrateniente, y solteras. Ninguna de las tres se casó, porque:

ETELVINA: Despreciaba a los hombres del contorno, y nunca salió del contorno. Por tanto, llegó a los cuarenta y siete años —la noche de mayo en que empieza esta historia cumplía esa edad— soltera y orgullosa, sin otro amor que la lectura de la «Historia del Gran Imperio Romano». Esta hermosa historia constaba de doce volúmenes, encuadernados en piel roja y oro, y perteneció al Gran Bisabuelo de las tres señoritas, rico terrateniente también (como su padre y el padre de su padre). La lectura y estudio de esta Historia la habían empujado a escribir ella misma otra «Nueva Historia de la Grandeza del Gran Imperio», y entre lecturas y escritos, pasó la mayor parte de su vida. Así continuaba. Empezó a leer a los ocho años, y aún se-

guía. A los veinticinco comenzó a escribir la suya propia, y aún seguía. Esto explicaba, en parte, que, tras conocer al dedillo la vida, hazañas y grandeza de los emperadores romanos, los hombres del contorno, que sólo entendían de hortalizas, caballos, piensos y cacerías, no la entusiasmaran en absoluto. Todo lo contrario, la aburrían soberanamente.

LEOCADIA: Contaba ya muy maduros cuarenta años. Esta señorita no despreciaba en absoluto a los hombres del contorno, y tenía una idea muy vaga de los emperadores romanos. Pero era muy romántica, refinada y sentimental. Tocaba el piano con verdadero arte, y oírla era, según la cocinera Rufa, capaz de arrancar lágrimas a las piedras. Ella soñaba, desde los quince años, con un extraño hombre de rizos rubios y ademanes suaves, y claro está, si a los hombres del contorno no los despreciaba, los temía. Aborrecía el humo del tabaco, la caza, las botazas de clavos y el lenguaje grosero. A su vez, intimidaba a los pobres solteros que se le acercaron: era tan exquisita que, ante ella, los pobres no sabían cómo moverse, y se azaraban, derramaban las copas, rompían sillas o pisaban el rabo de los gatos. Acababan huyendo de ella como del diablo, para sentirse cómodos, vociferando y echando la ceniza de sus cigarros donde les viniera en gana. Esta señorita cocinaba muy bien, sabía hacer ricos pasteles y confituras, y se ocupó de plantar un bello jardín en un rinconcito del huerto (después de suplicar mucho a la señorita Manuelita, que sólo estaba contenta donde veía cebollas, coliflores y tomates). La señorita Leocadia cultivó rosas, geráneos, crisantemos, juanes de noche y girasoles. Era rubia, de ojos azules, y tenía unas manos muy bonitas, de lo que estaba muy envanecida.

Y, por último:

MANUELITA: Tenía treinta y siete años, y estaba tan ocupada llevando la administración y explotación de la finca, la dirección de la finca y el cuidado de la finca (cosa que ninguna de sus hermanas hacía), que, francamente, no tuvo nunca tiempo ni ganas de pensar en novios. Todos los días recorría las tierras a caballo, vigilaba de cerca la siembra, siega, recolección, riegos, ventas y ganancias. Era trabajadora y fuerte como un hombre.

Una vez, un rico hacendado la pidió en matrimonio, y ella le contestó: «Ahora no tengo tiempo, después de la siega ya le contestaré.» Pasó el tiempo de la siega, el de la siembra, el de la vendimia, el de las cerezas, el de las manzanas, el de las nueces. Siegas, siembras y recolecciones se sucedieron, y, cuando un día, su hermana Leocadia le recordó que debía dar una contestación a su pretendiente, resultó que él se cansó de esperar, se había casado y ya tenía tres hijos. Esto pareció aliviar a la señorita Manuelita, que dijo:

—La verdad es que con todo este ajetreo, a buena hora iba a perder mi tiempo en bodorrios.

Y así, ninguna de ellas, como dije, se casó. Lo que no impedía que vivieran muy tranquilas y felices, en la gran casa, con su prado, su chopera, su huerta, sus viñas y todas sus grandes y hermosas tierras. Un bello río circundaba la finca, profundo y verde, bordeado de chopos ancianos, álamos y robles. Y más allá, en la ladera de las montañas, se alzaba el misterioso bosque.

Así llegó la noche de mayo en que comienza esta historia. Serían aproximadamente las nueve, y las tres señoritas se disponían a cenar, en la gran mesa redonda del comedor. Acababan de desplegar las servilletas, cuando se oyeron tres fuertes aldabonazos en la puerta principal. El cielo aparecía ya de color malva, con una gran estrella.

—¿Quién puede ser, a esta hora? — dijo Manuelita.

Etelvina y Leocadia se miraron entre sí, y asintieron. Juana, la doncella, se echó un chal por los hombros y fue en busca del farol de las tormentas. A aquella hora ya habían cerrado y atrancado todas las puertas de la casa, con sus grandes pasadores y cerrojos, y llamó a Jericó, el mozo, para que la ayudase a abrir la puerta. Todas las noches, antes de cenar, las señoritas solían recorrer la casa, cerrando puertas y ventanas, con la mohosa escopeta del Abuelo y el farol. Esta era una viejísima costumbre aprendida de su padre, y del Abuelo, y del Gran Bisabuelo, y se la llamaba «la caza del ladrón». Aunque jamás, que se supiera, habían encontrado ninguno. Entretanto, sobre el gran sofá de la sala, los retratos del padre, del Abuelo y del Gran Bisabuelo sonreían bajo sus rizados bigotes.

Jericó fue a por las llaves, y descorrió el gran pasador de la puerta. Cuando Juana la abrió, sólo la brisa, el perfume de mayo y el crí-crí de las mariposas cantoras, entraron en la casa. Jericó y Juana se miraron, asombrados:

—¿Quién hay ahí? — preguntó Jericó, asomando la cabeza y mirando a un lado y otro. Pero nadie, excepto los grillos, contestó. En aquel momento, Juana señaló al suelo: allí había una gran cesta, con tapadera, de las que usan los campesinos para guardar el pan.

—Mira —dijo—. Alguien dejó esto. Seguramente será un presente para la señorita Manuelita. ¡Ya sabes cuánta gente la quiere!

Juana levantó la cesta. Pesaba bastante, y supuso que contendría miel, harina, huevos y cosas así.

—Pues éste —dijo Jericó, rascándose la nuca— es un verdadero agradecido, que ni siquiera se da a conocer.

Juana entró en el comedor con la cesta.

—Han traído esto para ustedes — dijo.

Las tres hermanas levantaron rápidamente la cabeza del plato. Eran las tres muy distintas, pero tenían algo en común: el buen apetito y la curiosidad.

—¡A ver, a ver!

—¡Destápala!

—¿Qué será?

Juana acercó la cesta a la señorita Manuelita, que, aunque la menor, era la de más autoridad. La señorita Etelvina se puso las gafas, la señorita Leocadia pasó disimuladamente la lengua por sus labios, imaginando alguna tarta o confitura, y la señorita Manuelita sonrió, levantó la tapadera de la cesta y:

—¿Qué?

—¡Ay!

—¿Qué significa esto?

Por poco Juana deja caer la cesta. Dentro había, ni más ni menos, un niño. Un niño gordito, dormido, con un dedo en la boca, envuelto en una vieja manta de colorines. No tendría más de un mes, aproximadamente.

Rufa, que andaba siempre escuchando, y Jericó, que no se había apartado de la puerta, entraron de un salto.

13

—¡Ah!

—¡Oh!

Dijeron, con muy poca originalidad. Y durante un buen rato, sólo se oyeron aspavientos, gritos y exclamaciones. Poco después, sacaron al niño, lo pasaron de brazo en brazo, lo miraron, lo besaron, y, al fin, la señorita Manuelita envió a Jericó, con la escopeta del Gran Bisabuelo, a escudriñar los alrededores, en busca de una pista. Rufa hirvió leche y preparó el biberón, con una botella y un dedil de goma bien desinfectado. Juana rasgó un lienzo y se dispuso a confeccionar rápidamente unos pañales: porque el niñito sólo traía la vieja manta de colores, como las que usan los vagabundos o los gitanos. El niño seguía durmiendo, muy tranquilo al parecer. Y eso que las tres señoritas no paraban de disputárselo unas a otras.

Jericó volvió al cabo de tres horas largas. Venía cansado y hambriento, porque, a todas éstas, no había cenado.

—Nada. Nadie — dijo, porque era de pocas palabras, pero muy claras.

Y se comió medio pan, acariciando con él un huevo frito. Luego se fue a dormir, mucho más cansado de hablar que de andar.

Pero la verdad es que la noticia no entristeció a nadie. Más bien pareció alegrar a todas las mujeres:

—En fin —dijo Etelvina—. Vamos a acostarnos. Nada conseguiremos esta noche. Mañana ya se indagará.

Discutieron sobre quién llevaría al niño a su habitación. Lo echaron a suertes, y le tocó a Etelvina.

Al cabo de una hora, el niño se despertó, miró a su alrededor, abrió la boca y propagó al aire terribles alaridos y toda clase de muestras de descontento. Al cabo de un rato de vanas piruetas y gracias de la pobre señorita Etelvina, ésta lo llevó a la habitación de su hermana Leocadia.

Leocadia lo recibió contenta y feliz. Lo acunó, le runruneó una de sus melodías, y el niño, tras lanzarle una mirada de estupor, cerró los ojos y se durmió.

Al cabo de una hora, los terribles alaridos del niño obligaron a la señorita Leocadia a trasladarlo al cuarto de Manuelita.

Esta también lo acunó, arrulló y paseó a grandes zancadas, haciendo el paso, el trote y el galope. El niño se sorprendió un tanto de aquellos extraños ejercicios de equitación, paró en sus llantos y sonrió complacido. Pero en cuanto la pobre señorita dejaba de trotar, galopar, etc., reanudaba en sus llantos y proclamaba a todos los vientos su descontento por este mundo. Así pues, cuando al cabo de una hora la pobre señorita Manuelita hubiera ganado con sobrados méritos el Gran Derby, se desplomó desfallecida en un sillón y llamó desesperadamente a sus hermanas.

Ya muy alto el sol, el muchachito decidió recostar la mejilla, meterse un dedo en la boca y cerrar los ojos. El estaba sonrosado y fresco como un clavel, pero las tres señoritas se miraron y se hallaron pálidas, ojerosas, con las trenzas sueltas y jadeantes.

—En fin —dijo Manuelita—. Vamos a dormir un poco, y más tarde iremos a hablar con el alcalde.

A las doce se vistieron sus abrigos de terciopelo, se pusieron los sombreros de paja contra el sol, y Jericó enganchó la tartanita de grandes ruedas amarillas. Tenían un viejo Ford, que perteneció al padre de las señoritas, pero permanecía en el cobertizo de los aperos y la leña, lleno de polvo, pajas y telarañas y ultrajado por las gallinas. No lo usaban nunca. Preferían la tartanita, con la yegua Martina, de grandes ojos color coñac y crin trenzada.

Manuelita chascó el látigo en el aire y partieron por el camino de los álamos, hacia el pueblo.

El alcalde estaba regando, y cuando le avisaron que las tres señoritas estaban aguardándole en la Gran Sala de Festejos del Ayuntamiento, ensombreradas y enguantadas, como si fuera domingo, corrió por detrás de la huerta en busca de los zapatos y de la corbata. Cuando se hubo adecentado, acudió al Ayuntamiento. Su hijita Rosalía trajo rosquillas y vino dulce, y una larga vara con flecos de colores, para espantarles las moscas.

—Algo extraño ha ocurrido — dijo Manuelita con voz solemne.

Y le contaron lo sucedido.

El alcalde se quedó un buen rato con la boca abierta. La verdad es que no se le ocurría nada que decir. Pero su hijita dio dos palmadas en el aire y gritó:

—¡Lo han dejado los gitanos! ¡Padre, han sido los gitanos que pasaron ayer por el borde del río!

—¿Qué gitanos? —dijo el alcalde—. No he visto ningún gitano.

Preguntaron a todo el mundo. Pronto, todo el pueblo estaba reunido en la plaza, comentándolo. Pero nadie había visto a los gitanos. Sin embargo, la hijita del alcalde aseguró:

—Es verdad, yo los vi ayer tarde, los vi cómo iban con sus carros, reflejados en el agua del río, y oí sus canciones. Es verdad. Y he de decir otra cosa, aunque no me creáis: se dejaron enredado en los espinos un trocito de tela de colores, y yo lo cogí.

Subió a su cuartito, buscó la cajita donde guardaba las piedras redondas y azules del río, las tijeras de plata que heredó de su madre muerta, los cromos del chocolate, la cinta verde para la cabeza y aquel hermoso lápiz que encontró un día, rojo por un lado y azul por el otro. Allí tenía guardado un gironcito de tela, de tantos colores como el arco iris. Lo cogió y bajó la escalera, corriendo.

Cuando las tres señoritas vieron el gironcito palidecieron.

—¡Dios mío! Es igual al de la manta donde iba envuelto *nuestro niño*.

Y con aquel *nuestro*, ya estaba decidido el futuro del pequeño. Leocadia sacó del bolso la manta de colores que envolvió al niño, y, efectivamente, así era. La niña no mentía. Los gitanos, a no dudar, le abandonaron.

—¿Y a dónde fueron esos bribones? — preguntó el alcalde, de mal humor. Tenía verdaderas ganas de quitarse los zapatos y la corbata, y acabar de una vez con tan embrollada historia.

—Por ahí — dijo la niña, tan vagamente, que lo mismo podía ser el Norte, el Sur, el Este o el Oeste.

Montaron hombres a caballo y avanzaron por el azul norte, el dorado sur, el rojizo este y el neblinoso oeste. Nadie. Nada. Tal como dijera Jericó.

Buscaron todo el día y toda la noche, y volvieron muy cansados. Por tanto, Rufa hubo de matar y asar un cordero, y Jericó acarrear un pellejo de vino, para calmarles el hambre y la sed. Y sólo dijeron:

—Nadie vio por ninguna parte a los gitanos.

Las señoritas se sintieron verdaderamente felices. Ya habían hecho al niño vestidos y zapatitos. Recién bañado, aún parecía más bonito y saludable. El niño les tiraba del pelo, les metía los dedos por la nariz y les decía algo así como:

—Grrrfffuiiz.

En todo el día la señorita Etelvina no escribió una sola línea sobre los romanos; la señorita Leocadia no horneó, ni apretó una sola tecla, ni leyó una sola de las románticas novelas a que estaba suscrita, y que tan confortablemente la hacían llorar; y la señorita Manuelita se equivocó lo menos cuatro veces en sus cuentas, y no recorrió la finca a caballo.

Por la noche, antes de acostarse, la señorita Etel besó al niño y dijo:

—Me gusta porque es inteligente.

La señorita Leocadia lo besó y dijo:

—Me gusta porque es guapo.

La señorita Manuelita lo besó y dijo:

—Me gusta porque es fuerte.

Como ya habían aprendido a darle el biberón a sus horas, a cambiarle de pañales a sus horas y a distraerle a sus horas, el niño dormía plácidamente y los sobresaltos de la primera noche no se repitieron.

En los días que siguieron, las búsquedas continuaron, pero cada vez con menor entusiasmo. Por tanto, las tres señoritas se reunieron y dijeron:

—Vamos a adoptar al niño.

Volvieron a vestirse como si fuera domingo, engancharon a Martina en la tartana, y llevaron con ellas a Jericó y a Juana, como testigos. Rufa se quedó rezongando, pero no se podía dejar sola la casa y alguien tenía que preparar la comida.

En el último momento, Rosalía, la hijita del alcalde, que estaba escondida tras un abedul, saltó al pescante y les acompañó.

Por el camino dijeron:

—Debemos elegir un buen nombre.

—Como no tenemos hijos, él será nuestro heredero.

—Lo educaremos esmeradamente.

Las tres miraron enternecidas al niño, que hacía muecas y torcía los ojos, mirando a los vencejos que volaban muy bajos, dando gritos.

—Será un gran historiador — dijo Etelvina.

—Será elegante y hermoso como un príncipe — dijo Leocadia.

—¡Bobadas! Será un buen campesino y llevará la finca, como el Abuelo, como papá y como yo. ¿Para qué nos lo quedamos, si no? Parecéis tontas.

Las otras callaron, pero no abandonaron sus ilusiones.

—Se llamará Marco Aurelio — dijo de pronto Etelvina, con ojos triunfantes.

—¡Se llamará Amado! — sonrió Leocadia, con ojos soñadores.

—¡Al diablo! Se llamará Manuel, como el Abuelo, como papá y como yo. No se hable más — añadió Manuelita, con ojos severos.

Entonces, Rosalía, que iba en el pescante, se volvió y dijo, con su chillona vocecita:

—¡Pero si se llama Jujú!

Nadie pareció oírla. Y, sin embargo, aunque el niño fue bautizado, inscrito en el Registro Civil y adoptado legalmente por las tres señoritas como Marco Amado Manuel, todo el mundo le llamó siempre Jujú, y nada más que Jujú.

2. ASI VIVIO JUJU EN CASA DE LAS TRES SEÑORITAS

Como puede suponerse, Jujú vivió en casa de las tres señoritas de forma poco corriente. Digo poco corriente, porque apostaría cualquier cosa a que pocos niños podrán decir que a los nueve años —edad en que esta historia empieza a tomarle en cuenta— llevaban una vida semejante.

Hay que considerar, y ya lo dijimos antes, que el carácter de las tres señoritas, y sus aficiones, eran muy distintos entre sí. Esto daba como resultado la siguiente mezcla:

La señorita Etelvina (tía Etel para Jujú) intentaba y deseaba por todos los medios que Jujú llegara a ser un hombre culto; más aún, un hombre sabio. Especialmente en cuanto a Historia e Investigación sobre los Romanos se refería. Desde muy chiquitín, haciéndole saltar sobre sus rodillas, paseándole en brazos bajo los cerezos, le recitaba los nombres y hazañas de los más famosos emperadores, sus batallas, su pujanza, esplendor y decadencia (si bien esta última fase era pasada deprisa y sin demasiado detalle). Ella fue quien le enseñó a leer y escribir, quien puso en sus manitas, aún vacilantes y destrozonas, dispuestas más a rasgar páginas que a alimentar su espíritu en ellas, los primeros libros. Así Jujú, a los cinco años de edad, además de saber leer y escribir casi correctamente, sabía mucho más del Imperio Romano que yo en este momento (aunque me avergüence confesarlo).

Por su parte, la señorita Leocadia (tía Leo para Jujú) deseaba inculcarle buenos modales, elegancia, dulzura, gusto por el baile, la música y los manjares delicados, amor a las flores y a los animales, y afición a la poesía. He de admitir que, de las tres señoritas, Jujú fue de quien menos aprendió y con menor gusto. Ahora bien, sin ella saberlo, fue la señorita Leocadia quien sembró en el ánimo de Jujú cierta desazón extraña: algo así como una especie de ensueño, un afán de huir a algún lado, a algún lugar remoto y misterioso, que el mismo Jujú no sabía bien explicarse. Y así, a los once años, Jujú sabía tocar bastante bien la guitarra y un poco el piano, y la música le transportaba a un mundo confuso y agradable que le cosquilleaba la imaginación y el deseo de románticas y lejanas aventuras. A veces, Jujú huia al final de la huerta, al rincón sombrío que él conocía, junto a la acequia, allí donde nacían las oscuras y perfumadas fresas silvestres, y soñaba. ¿En qué? En muchas cosas. En países y gentes desconocidas, de otras razas y otras costumbres, en acciones heroicas y maravillosas, de las que, naturalmente, él era siempre el protagonista. La señorita Leocadia estaba suscrita a varias publicaciones y revistas, novelas y periódicos, y, a su vez, suscribió para Jujú maravillosos libros de aventuras y viajes, a espaldas de la severa educación de la señorita Etel, que despreciaba las novelas y los cuentos. De este modo, tendido en el fondo de la huerta, Jujú soñó y se creyó Ivanhoe, Ricardo Corazón de León, Marco Polo, Barbarroja. El Príncipe Blanco, El Caballero del Antifaz, y, a veces —también a veces—, el propio Jujú, escapándose a un remoto país, y regresando luego cargado de oro y aventuras a la casa de las viejas señoritas, que, encanecidas y llorosas, le abrazaban admiradas y enternecidas. Estas y otras cosas consiguió tía Leo, despertando la imaginación y los ensueños de Jujú.

En cuanto a la señorita Manuelita (tía Manu), creo que fue, por el momento, la que consiguió más rendimiento de Jujú. Sus enseñanzas eran directas, día a día y minuto a minuto. No se le podía escamotear nada. Lo cierto es que Jujú trabajaba de la mañana a la noche, como un hombre. Y puede decirse que se ganaba limpiamente techo y comida.

«Haré de él un hombre, no un presumido o un sabio loco», pensaba para sí la señorita Manu. Pero se guardaba sus pensamientos, para no tener que discutir con sus hermanas.

Jujú terminaba su jornada rendido de cansancio, y caía, muerto de sueño, en la cama. Entonces, las tres señoritas, tras la cotidiana vuelta de «la caza del ladrón», instauraron una nueva costumbre: la «contemplación del heredero» (así llamaban entre ellas a Jujú). Después de atrancar puertas y ventanas, correr cerrojos y asegurar cerraduras, las tres señoritas entraban, la lámpara en alto y de puntillas, en la habitación de Jujú, y le miraban dormir.

Jujú ofrecía un aspecto poco ordenado. Solía aparecer de bruces, o atravesado, o con los pies en la cabecera, etc. Tapado hasta más arriba de la cabeza, o completamente destapado. Entonces ellas le colocaban cuidadosamente la cabeza en la almohada, apartaban los mechones de la frente, deslizaban la mano bajo la oreja para comprobar que no había quedado doblada, colocaban los brazos sobre el embozo, o bajo el embozo —dependía de si hacía frío o calor—, le acariciaban el pelo y susurraban:

—Ha crecido.

O:

—Está más delgado...

O:

—Parece que le ha salido un grano.

Luego recogían las ropas que Jujú esparció por el suelo, buscaban las botas, examinaban rotos y desperfectos, y se acostaban pensando, poco más o menos:

—Habrá que comprar botas nuevas.

—He de vigilar que se lave bien las orejas, el bribón.

—Procuraré aumentar las vitaminas y disminuir las grasas de sus comidas.

O cosas por el estilo.

Y, con todo ello, podría asegurarse sin temor que Jujú era un muchacho feliz.

En el momento en que empieza esta aventura, Jujú llevaba la vida siguiente:

A las seis menos cuarto sonaba destempladamente el despertador en su mesilla de noche. Debo admitir que Jujú deseaba estrellarlo contra la pared, pero siempre, antes de hacerlo, llegaba la voz de tía Manu a través del tabique:

—¡Arribaaaa!

E, inmediatamente, algunos golpes contra la pared, para que, si el timbre del despertador no era suficiente, quedara reforzado por ella.

Apenas Jujú ponía los pies en el suelo, una tormenta estallaba en el contiguo cuarto de baño. Todo el cuerpo de Jujú se estremecía entonces, mientras oía caer el agua sobre las mil canciones, que, sin un solo temblor, profería tía Manu. Esta costumbre de cantar desaforadamente bajo el chorro de la ducha tenía muy intrigado a Jujú, que era incapaz de musitar un solo trino en las mismas condiciones. Desde luego, la tía Manu estaba hecha de una materia especial y distinta al resto de los mortales, pensaba el niño.

La casa de las tres señoritas era hermosa y grande, pero los adelantos de la civilización habían llegado lentamente a ella. El cuarto de baño parecía algún extraño lugar de encantamientos, con su enorme lavabo de madera de roble y mármol rojo, veteado de verde. Tenía patas y puertas talladas y un gran espejo inclinado, moteado, que devolvía la imagen borrosa como tras una cortina de humo. Cuando uno se miraba en él parecía lanzarse sobre sí mismo y llenaba de vértigo. En las baldas de mármol se alineaban multitud de frascos de vidrio, verde y azul, con tapones labrados, que fascinaban al muchacho. Pero no se podían tocar, al igual que los cepillos de marfil y ·pelo de jabalí, que pertenecieron al Abuelo, al Gran Bisabuelo, Tatarabuelo, etc., de las tres señoritas. Nadie los usaba. Los frascos estaban vacíos, pero eran cuidadosamente limpiados y pulidos, y se consideraban como piezas de museo. La bañera era de metal, y tan alta sobre sus cuatro patas de león, que Jujú debía subirse a un taburete para poder entrar en ella. Exactamente como si se tratara de un abordaje. Y más de una vez hubiera jugado Jujú en ella a cruentas batallas navales, si las voces y los puños de tía Manu, sobre la puerta, no le llamaran al deber. También los grifos de la bañera tenían forma de cabezas de dragón, y sus ojos eran diminutas piedras verdes, que miraban malignamente.

Jujú se miraba la lengua, se frotaba los ojos, se chapuzaba y refrotaba lo más someramente posible, y se vestía. Los trajes de Jujú eran simples: en verano pantalones de dril, en invierno de pana. En verano camisa azul, en invierno jersey de cuello alto con cremallera en el cogote. En verano sandalias, en invierno botas claveteadas. Aparte esto, tenía un impermeable amarillo, igual al de tía Manu, un par de botas de goma para el agua, un capote, un gorro pasamontañas, un par de guantes y media docena de pañuelos. Para los domingos, un incómodo traje azul marino con botones de plata, y zapatos embetunados por Jericó. Tía Manu decía que un hombre no debe gastar en oropeles (aunque Jujú no sabía qué quería decir oropeles).

Jujú estaba alto para su edad, tenía la piel tostada por el sol, algunas pecas sobre la nariz, y brazos y piernas largos, lo que hacía suponer que crecería mucho. El cabello, negro y lacio, caía sobre su frente y saltaba alegremente por encima de sus orejas, como la crin de un potrito gitano. Cada tres o cuatro meses llegaba a la casa de las tres señoritas un peluquero, con su gran

caja llena de tijeras, maquinillas, crema de afeitar, navaja y brochas. Entonces cortaba el pelo de Jericó y Jujú, y les ponía polvos de talco en el cogote y detrás de las orejas, soplándolos con una perilla de goma. Era bastante desagradable y Jujú procuraba zafarse siempre que podía. Entonces, tardaba otros tres meses en cortar su cabello, y eso era motivo de que, casi siempre, lo llevase largo y revuelto.

He de advertir que Jujú no era un niño sabio, ni mucho menos, ni con una exagerada tendencia al estudio, o a la investigación histórica. Pero para su tía Etel era el niño más inteligente y culto del mundo.

Tampoco se puede decir que era una belleza. Tenía una graciosa carita morena, la nariz bastante chata, los ojos redondos y de color avellana, y los dientes un poco largos, como los conejillos. Era alto y ágil, aunque quizá estaba demasiado delgado, y, sobre todo, cuando corría, daba una impresión bastante completa de desgarbo, porque cruzaba un poco las piernas, exactamente como los potrillos jóvenes. Y muchas veces tropezaba y caía al suelo.

Pero para la tía Leo no había nadie más hermoso, y para la tía Manu nadie más robusto, fuerte y viril que Jujú.

Con esto quedaba bien claro que las tres señoritas adoraban a Jujú. Y Jujú, naturalmente, quería mucho a las tres señoritas. Pero esto no impedía que fuera solamente un muchacho, que deseara convertirse pronto en un hombre y que, a veces —muy a menudo en los últimos tiempos—, sintiera un terrible deseo de algo que él mismo no entendía bien, pero que le empujaba. Le empujaba tanto, y con tanta fuerza, que aquel deseo le llevaba muy lejos de la casa, del pueblo, de la comarca e incluso del país.

Quizá tuviera un poco de culpa la tía Etel, abriendo para él la biblioteca del Abuelo. Un poco, el Gran Bisabuelo, por haber reunido en una biblioteca tantos volúmenes sobre viajes, que hablaban de lejanos países y extrañas gentes. Y, sobre todo, del mar... Jujú no había visto nunca el mar; pero lo adoraba con toda la fuerza de su corazón. También contribuían a sus sueños la música y las novelas de aventuras de tía Leo. La música le llegaba a veces, a través de la abierta ventana de la sala, de las ramas de los ciruelos, hasta el rincón de la huerta donde él se tendía a soñar. Y aquella música le traía entonces el rumor de las olas en la playa, el suave balanceo de las palmeras y los cocoteros. A espaldas de tía Etel, tía Leo continuaba encargando libros de aventuras, y así Jujú entró en conocimiento de Sandokan, Gulliver, Simbad, etc.

Volviendo al principio, durante los meses del verano y parte de la primavera, la jornada de Jujú se dividía en:

Ducha.

Desayuno con tía Manu. Café con leche, pan moreno, miel y manteca.

Leñera. Jujú acudía todos los días al cobertizo de la leña y traía a la casa toda la leña que hiciera falta. ¡Y era tanta! Para la cocina, para el horno, para las chimeneas, para el calentador del baño de la tía Etel. Nunca podía comprender Jujú cómo hacía falta tanta leña.

Recorrido a caballo con tía Manu por la finca. Inspección de tierras, siembras, etc. Jujú hacía lo que tía Manu mandaba desde lo alto del caballo. Jujú ayudaba a regar, a cortar hierba, a desviar surcos, a podar, a sembrar... Todo lo que sus fuerzas podían resistir y sus piernas sostener. Los jornaleros eran buenas gentes, y querían a Jujú. Eran silenciosos, poco habladores. Solían dormir a la intemperie o en los pajares, cuando venían de jornal, por los altos caminos, en tiempo de la siega. A veces cantaban, y oírles le daba a Jujú una extraña congoja y dulzura en el corazón. Jujú no tenía amigos. Hubiera querido ser amigo de ellos, pero ellos estaban demasiado ocupados en sus pensamientos y trabajo. Por todo ello Jujú tuvo que inventarse sus propios compañeros.

Después, regresaba a casa, y tía Manu presenciaba su limpieza y aseo. Entraba en la salita de la tía Etel, y empezaba su clase. Estudiaba hasta la hora del almuerzo.

A la hora del almuerzo la sonrosada y rubia tía Leo tocaba la campanilla al pie de la escalera. Ruborizada aún por los calores de la cocina, donde había cocido pastel de almendras el lunes, manzanas con crema los martes, hojaldre relleno los miércoles, peras con crema de limón los jueves, flan de naranja los viernes, soufflé de chocolate los sábados, y Gran Tarta Sorpresa los domingos.

Una cosa agradable de la tía Leo, para Jujú, era que olía siempre a pan tierno, y era rubia como un bizcocho. Sus ojos azules eran bondadosos y risueños, muy dispuestos a las lágrimas, y su boca redonda subía y bajaba de esta forma: media luna hacia arriba, con regocijo, media luna hacia abajo, con tristeza. Nunca se la vio de otra manera.

Por la tarde, Jujú tenía una hora libre. Era la famosa *hora de la siesta,* pero, de ningún modo, era *su siesta.* Jujú empleaba esta hora en los más variados quehaceres, como se verá más tarde.

Después de la siesta, Jujú ayudaba a la tía Leo. Bajaban a la huerta y recogían en la gran cesta redondos y rojos tomates, anaranjadas zanahorias, tornasoladas cebollas, verde y risueño perejil —que luego colocaban en un jarrito de cristal, junto a la ventana—, lechugas, pimientos, judías, etc. Después iban al jardín y regaban las flores. Las cuidaban, las discutían y las mimaban. Tía Leo sentía un gran orgullo por sus rosas, llamadas Princesa China, Reina Rubí y Blancanieves. También cultivaban otras flores más modestas, pero no menos bonitas, y grandes macetas de rojos y blancos geráneos. A Jujú le gustaban las flores, los saltamontes verdes, las lagartijas que se tendían al sol, las mariquitas rojas punteadas en negro, y los charolados escarabajos con reflejos de oro. Eran unos buenos ratos los que pasaba en el jardín o la huerta, con tía Leo. Y, a veces, muy juntitos, escondidos de todos, tía Leo y él, amparados por el follaje de las altas varas doradas y verdes, en el alubiar, se sentaban en el suelo y leían: ella sus románticas novelas y él sus libros de aventuras y viajes. Eran, sí, unos buenos ratos aquellos.

Después, Jujú tenía libre su tiempo, por lo general, hasta la hora de la cena. Y la hora de la cena llegaba, y luego el sueño, y... vuelta a empezar.

Avanzado el otoño, y durante el invierno, Jujú repartía su día entre las clases con tía Etel, y los trabajos como: traer leña del cobertizo, arreglar empalizadas, ayudar a cuidar los caballos, etc.

Esta era, aparentemente, la vida de Jujú. Pero, además de ésta, Jujú tenía otra vida, sólo para él, que ahora vamos a conocer.

3. ASI VIVIA JUJU EN EL «ULISES»

Jujú no tenía amigos. Quizá los hubiera tenido de acudir a la escuela, pero distaba tres kilómetros largos de la casa, y en invierno —que es la época precisamente de acudir a la escuela— el camino solía aparecer cubierto de nieve, y el viento soplaba muy fuerte. La señorita Etel había decidido, como ya sabemos, instruirle ella misma. En vista de ello, Jujú adquirió sus propios amigos. Y éstos eran:

Contramaestre.

Almirante Plum.

Señorita Florentina.

Contramaestre alcanzó este grado tras muchos esfuerzos y heroicos servicios bajo el mando de Jujú que, naturalmente, era el Capitán. Contramaestre era un perrito negro, pequeño, sin raza, pero tan simpático e inteligente como se pueda imaginar, y aún más. Sólo con una mirada Jujú le hacía entender sus deseos, y nunca hubo amigo más leal, fiel, cariñoso y noble. Era, en realidad, el brazo derecho de Jujú.

El Almirante Plum, era un hermoso y arrogante gallo. Aunque altanero, orgulloso y estúpido, servía para esas ocasiones en que se necesitaba alguien a quien dar cuenta de hechos heroicos. Entonces, Almirante Plum, se esponjaba, sus ojos relucían coléricos, y hacía bien su papel.

La señorita Florentina, en realidad, pertenecía a tía Leo. Un día, siendo apenas un polluelo de perdiz, tía Manu la cazó viva. Tía Leo la amaestró, pero ella prefería a Jujú, al que adoraba y seguía con ojos enternecidos por todas partes. Jujú acabó admitiéndola en la tripulación, y la consideró su mascota. Ella era algo aturdida, pero buena, dócil y humilde.

La tía Manu solía decir que la vida era dura, y que si no se aprendía desde niño a darle la cara, luego te daba tantos golpes como un hombre podía o no podía soportar. Así es que, desde los nueve años, Jujú supo *ganar su día,* como decía tía Manu y hemos visto. Ciertamente Jujú trabajaba firme.

En la casa, además de las tres señoritas y Jujú, vivían Rufa, la cocinera, Juana, la doncella, y el viejo Jericó. Todos querían mucho al niño, y el niño les quería a ellos. Había, pues, muchas cosas bonitas y buenas en la vida de Jujú. La libertad de andar por el bosque, de bajar al verde y misterioso río, más allá del prado; la de leer todos los libros que se apilaban en el desván, y que pertenecieron al Abuelo de las tres señoritas. Todos los que no trataban de la Historia del Gran Imperio Romano no interesaban a tía Etel, y por ello había un cofre lleno de libros de viajes, mapas, cartas marítimas, brújulas, etc., en el desván. Pues el grande y secreto deseo del Gran Bisabuelo fue ser marino, aunque nunca conoció el mar. Jujú leía todos estos libros, soñaba sobre aquellos mapas y cartas marinas, y sentía el mismo deseo de conocer el mar.

A la hora de la siesta, cuando la casa entera dormía y sólo se oía allá afuera el chasquido de las cigarras bajo el sol, Jujú se refugiaba en el desván para leer y leer. Al desván no subía nunca nadie, excepto Jujú. Para trepar a él se debía ascender por una rústica y estrecha escalerilla de mano, y nadie en la casa sentía deseos de hacerlo, excepto él y su tripulación. Porque, naturalmente, Jujú tenía su velero.

El desván era su reino, su mundo, y allí organizó Jujú *la otra vida* de la que antes hablé. Los domingos y días de fiesta, y gran parte de sus horas libres, los pasaba Jujú allí arriba. De este modo el altillo del desván tomó poco a poco el aire de un pintoresco y bellísimo navío. Con cajones y una vieja estantería, Jujú fabricó las literas. Una vieja rueda, hallada en el cobertizo, que perteneció, en tiempos, a la tartana del Abuelo, sirvió a Jujú como timón. Al fin, con largos juncos arrancados de las orillas del río y unas viejas lonas, tras muchos esfuerzos y fracasos, un día izó la vela sobre el tejado, sacándola por el ventanuco. Fue un día triunfal, y soplaba una suave brisa que golpeaba tibiamente la lona y le llenaba de gloria.

Días más tarde un fuerte viento la rasgó de arriba abajo, y Jujú lloró amargas lágrimas, escondido en el huerto. Pero era un niño de gran tesón y fabricó otra, mejor y más fuerte. Desde entonces, tuvo la precaución de arriar su vela todas las tardes. Colocó sobre su mesa de capitán un farol, cartas marinas, la brújula y el viejo catalejo. Arrimó su mesa justamente bajo el ventanuco del tejado, y, desde allí, dominaba toda la finca. Las montañas lejanas y azules y la gran tierra llana, que se perdía en el horizonte, más allá del río. Reunió allá arriba los objetos más preciosos. Los libros y el cofre del Gran Bisabuelo, dos baúles llenos de extraños y variados objetos (dos sables mohosos, un machete de Filipinas, gemelos de teatro, bolas de cristal, un fanal con un diminuto barco encerrado, dos jaulas, un diccionario). También encontró, aunque un poco viejos, dos hermosos almohadones de la India, un candil, un viejo Colt roto y un maravilloso sillón dorado y azul, relegado al desván porque le faltaba una pata. Pero este defecto fue rápidamente solucionado por Jujú, apoyándolo por aquel lado sobre un cajón. Este fue el *Sillón del Capitán* que tanto anhelaba, frente a la ventana, junto al catalejo, para dominar el gran mar imaginario. Como tampoco había que vivir desprevenido, Jujú fue haciendo acopio de víveres, y así, tenía allí una despensa provista de chocolate, galletas, dos tarros de confituras extraídos de las provisiones de tía Leo, y un extraño licor de frambuesas, también fabricado por tía Leo, que hacía cosquillas en los ojos cuando se bebía y daba alegría al corazón.

En una caja encontró un par de pipas labradas, hermosísimas, aunque rotas. Pero él las arregló, y pasaron a formar parte del botín. Por último, Jujú bautizó su velero, que, tras muchas vacilaciones, se llamó «Ulises».

La señorita Florentina solía seguir fielmente a Jujú en sus meditaciones, ires y venires, sobre sus cortas y rápidas patitas. El Almirante Plum era menos fiel. Aparecía cuando lo creía conveniente, y se paseaba pomposamente sobre los muebles, se asomaba al antepecho del ventanuco y, de cuando en cuando, lanzaba un estentóreo «¡Kikirikiiiii!» bastante sorprendente.

Desde el ventanuco del Capitán se divisaba, allá, al otro lado del río, la negra empalizada y el barracón de madera del Campo de los Penados.

En cuanto a Contramaestre, no solía separarse jamás de Jujú, pues, incluso durante las noches, se tendía a los pies de su cama y roncaba suavemente. Contramaestre no era un perro excesivamente guapo, ni extraordinariamente razado. Más bien se trataba de un chucho vulgar, de origen vagabundo, pero jamás perro alguno tuvo ojos más redondos, brillantes y dorados, inteligentes y sensatos. Y, después de las tres señoritas, era el ser viviente más amado por Jujú.

Desde su puesto de vigilancia, Jujú contemplaba, pues, el fabuloso mundo inventado por él. A veces, irrumpían en su campo visual los rebaños de Marcial, el pastor. Inmediatamente se convertían en ejércitos enemigos, acampados en la costa, y el «Ulises» vomitaba el fuego de sus cañones —dos tubos de estufa conve-

nientemente dispuestos a los lados del tejadillo— y, naturalmente, vencía. El Contramaestre lanzaba sus ladridos, órdenes, gritos de batalla, hacia la lejana torre de la iglesia, que se divisaba en el horizonte. Y las praderas eran el ancho y verde mar, el río era el ancho y verde mar, la planicie del valle era el ancho y verde mar. Y la empalizada oscura y el triste barracón de madera que se alzaban más allá del río, eran, unas veces Sing-Sing, otras la Isla del Diablo, según conviniera. En realidad, se trataba de un cercano Campo de Penados, que trabajaban para redimir sus penas, en la cercana cantera de cemento. Estas gentes y este lugar, sobrecogían y fascinaban a Jujú, como veremos más adelante, y tuvieron un importante papel en esta historia.

Las montañas de Laguna Negra y Sestil, eran, generalmente, islas fabulosas y legendarias, aparecidas súbitamente en el horizonte, cuando convenía mirarlas; y cuando no convenía mirarlas, simplemente no existían, y el mar, el ancho, verde, deseado, fascinante mar, era lo único que divisaban los ojos de Jujú y Contramaestre. Almirante Plum y Florentina jugaban muy vagamente su papel, ya que sólo sabían pasear de un lado para otro. Pero Jujú y Contramaestre ardían en la fiebre de las batallas, y ora uno, ora otro, oteaban el enigmático horizonte en el viejo catalejo del Abuelo. También Jujú tuvo su «Diario de a Bordo». Era un desechado libro de cuentas de tía Manu; Jujú prescindió absolutamente del Debe y el Haber.

La bandera fue confeccionada con retales de tía Leo, y la vela de lona y sacos viejos (que, a veces, más parecía una cometa que una vela) era izada y arriada respetuosamente junto a la bandera. Y cuando el viento soplaba por sobre el Campo de los Penados, Jujú veía hincharse la vela y bambolearse el mástil de caña.

Cierto día la tía Manu hizo una solemne promesa a Jujú. Estaba próximo a nacer un potrito, de la yegua Colorina.

—Jujú, cuando nazca el potrito, te lo regalaré.— le dijo:

Jujú sintió el corazón saltarle en el pecho. ¡Un potro para él solo! Era lo que más deseaba, aún más que conducir el viejo Ford que se enmohecía en el establo. Fue tanta su alegría, que sintió algo así como si el corazón se le desatara y girara como un trompo. No pudo evitarlo y se revolcó sobre la paja, dando gritos de felicidad. Pero tía Manu dijo, con acento severo:

—Eso, suponiendo que dejes de ser un niño, Jujú, y te portes como un hombre.

Parecía mentira las ganas que tenían todos de que creciera de una vez. Eso parecía, al menos. Pero por más que se miraba al espejo, empinándose cuanto podía sobre las puntas de los pies, tirándose hacia arriba los pelos hasta hacerse brotar lágrimas, no apresuraba nada. Crecía tan despacio como todo el mundo.

El potrito nació. Fue de madrugada, mientras Jujú dormía.

Pero la ocasión era solemne. La señorita Manu y Jericó vinieron a despertarle. Jericó llevaba el farol de las tormentas y el impermeable mojado, y la señorita Manu la capucha gris, también mojada. Por la ventana, Jujú vio varias veces el cielo volverse blanco, como sacudido. Luego, el trueno rodaba, rodaba, hacia el fondo del cielo. En el establo había nacido Remo. Ya le habían encontrado este nombre, desde hacía tiempo. Era negro, con una estrella en la frente, tal como había leído que nacen los héroes. Así pues, allí estaba, con sus ojos asombrados, vacilando sobre sus largas patas, húmedo y asustadizo. Jujú lo abrazó. Oía caer la lluvia en la techumbre de hojarasca; en torno al farol de las tormentas se perseguían dos mariposas, y se sintió completamente feliz.

Había amanecido, por lo visto, un día de sorpresas. Aquel mismo día, como era domingo, Jujú tenía la tarde libre para hacer lo que quisiera. Estaba, pues, en el «Ulises», cuando Contramaestre empezó a ladrar a la señorita Florentina, por alguna desconocida razón. Contramaestre no quería demasiado al Almirante Plum, pero sí a la señorita Florentina. Jujú vio entonces a su mascota pavoneándose sobre una viga, en el rincón de la derecha, junto al conducto de la chimenea. Era aquél un rincón oscuro y algo extraño, con una de las vigas más saliente que las demás, lo que, en ocasiones, servía a la tripulación del «Ulises» para resguardarse en las grandes tormentas.

—¿Por qué estás ladrando a la pobre Tina? — gruñó Jujú.

Pero el fiel Contramaestre seguía ladrando, de una manera especial; y, de pronto, ante los ojos de Jujú, la señorita Tina desapareció, hundiéndose inexplicablemente en un misterioso vacío. Exactamente: Florentina *se había hundido en el vacío*, y se la oía aletear *detrás de la pared*. Los cabellos de Jujú y el corto y duro pelo de Contramaestre se erizaron a un tiempo. Anonadados, se miraron.

—¿Tú te explicas...? — empezó a decir Jujú.

Pero como era un Capitán consciente y sin miedo, acercó el sillón a la pared, se subió encima, metió la mano por detrás de la viga, y descubrió que había un espacio hueco. El descubrimiento dejó a Jujú sin respiración. Su corazón empezó a golpear con fuerza, y recordó inmediatamente las historias de tía Etel, que le hablaba de ocultos y secretos entrepaños, ideados por el Abuelo en las épocas de las grandes guerras.

Jujú empezó a buscar el resorte, y no tardó en hallarlo, disimulado en la cara inferior de la viga. Luego empujó la falsa pared, que se deslizó suavemente, y *apareció el sucio, mohoso, negro y misterioso escondrijo del Gran Bisabuelo*.

—¡Qué maravilla! — murmuró Jujú con ojos brillantes y la cara roja de placer —. ¡Nunca creí que existiera nada tan maravilloso!

—Esto — añadió, dirigiéndose a la estupefacta tripulación

del «Ulises» — es lo más importante ocurrido a bordo, desde que nos hicimos a la mar. Juremos guardar el secreto, aún a costa de martirio.

Alineó a la tripulación y todos juraron fidelidad al secreto. Nunca, jamás, nadie sabría nada de él.

Inspeccionó rápidamente el lugar. Era un espacio pequeño, pero cabían en él, perfectamente, dos hombres sentados. De él partía una estrecha y oscura escalera, que erizaba los cabellos sólo de mirarla y oler su mohoso aliento. Sin embargo, el excitante descubrimiento enardeció a Jujú y sacó fuerzas. Como si adivinara su pensamiento, Contramaestre se lanzó a husmear la boca de la escalerilla, y, aún con las orejitas y el rabo tan enhiestos como banderines al viento, miró a su amigo con unos ojos muy abiertos que decían:

—¡No tengas miedo! ¡Yo voy delante! ¡A investigar!

Jujú tomó la linterna, sin querer fijarse en cómo le temblaban las manos. Empezó entonces el penoso descenso por la oscura y estrechísima escalera. Tanto, que los costados del muchacho casi rozaban los lados de la pared. «Menos mal que el Gran Bisabuelo era delgado, tal como está retratado en la sala», se dijo. «Si llega a ser como Rufa, por ejemplo, nunca hubiera podido escapar por aquí».

Descendieron despacio, procurando no hacer ruido. Era un descenso muy empinado. «Podía habérsele ocurrido hacer el pasadizo en la planta baja», se dijo Jujú, «pero, entonces — se apresuró a pensar —, ya no lo tendría para mí y sólo para mí».

Al fin, un rumor típico llegó a sus oídos. «Es el ruido del agua de la acequia», se dijo Jujú con el corazón estallante. Allí había terminado la escalera, y el pasadizo se hacía más ancho y fácil. Pronto divisaron la boca, aunque medio tapada por largas ramas, piedras y maleza. Una débil claridad se tamizaba, suave y dorada.

Pocos minutos después, las cabezas de Jujú y Contramaestre aparecían, cubiertas de musgo, raíces y hierbajos, justamente al pie del cerezo predilecto de Jujú, junto a la acequia. Era el rincón escondido del huerto, donde tantas veces se había tendido él a soñar.

—¡Y pensar que nunca lo sospeché! — murmuró Jujú.

Salieron, sacudiéndose las ramas y el musgo, y respiraron gozosos el aire libre.

Jujú tapó la boca del pasadizo con piedras y maleza, y ardiendo de emoción regresaron por el camino normal al «Ulises».

La tarde fue agitada para Jujú. El recuerdo de los relatos de guerra leídos y escuchados, le despertaron de nuevo el miedo y el deseo de siempre. Estuvo asomado al ventanuco, mirando hacia la lejanía, hacia el Campo de los Penados. Muchas veces había visto a los presos, en filas, con sus cabezas rapadas, acudiendo a misa, o al trabajo, en la lejana cantera, con las escudillas y cucharas de aluminio colgadas del cinturón, que tintineaban al andar. Sentía una invencible curiosidad y temor, viéndoles. Eran algo desconocido, pavoroso y a un tiempo lleno de un raro atractivo que no sabía explicarse. Tenía entonces la sensación de que el mundo era algo muy grande, muy lejano, atroz y desconocido. Muy distinto a su pequeño mundo de la casa de las tres señoritas y del «Ulises». Al atardecer una columna de humo ascendía del barracón y, en la noche, los guardianes encendían hogueras que llenaban de resplandores rojizos la ladera de las montañas.

—¡Cuántas cosas existen, que yo no conozco! — se decía Jujú pensativo y temeroso.

Al anochecer bajó del «Ulises» y se reunió con sus tres tías.

—¿No tienes apetito?

—¿Te duele la cabeza?

—Estás muy rojo, ¿no tendrás fiebre? ¿Te mojaste los pies

en el río, como te prohibí?

Jujú negó, comió sin apetito y se acostó con la cabeza llena de ideas fantásticas y temerosos sueños. Tardó más de lo acostumbrado en dormirse, y, en sus sueños, el «Ulises» naufragó, y Contramaestre, él y Florentina flotaron a la deriva, sobre un tronco de madera. Hasta que la voz de tía Manu le devolvió tierra adentro y amaneció un nuevo día de trabajo.

4. UNA NOCHE DE LOBOS

El tiempo iba pasando, sin ninguna novedad especial. Desfilaron la primavera, el verano, y llegó de nuevo el otoño. Jujú cumplió diez años. (El cumpleaños de Jujú se contaba desde la noche en que llegó a la casa de las tres señoritas dentro de una cesta.)

Las tres señoritas nunca le habían mentido respecto a esto. Es más, el pedacito de manta de colores en que llegó envuelto, lo tenía guardado la señorita Leo en una caja de cedro y, a veces, se lo dejaba mirar. Esto hacía que la imaginación de Jujú se desatara.

Cierto día Jujú quiso hablar de esto con la hijita del alcalde, al salir de misa. Antes de subir al tilburí de las tías, Jujú fue en busca de la muchacha. Estaba en la huerta y, desde el otro lado de la valla, Jujú la llamó:

—¡Rosalíaaa!

Rosalía quitaba las malas hierbas del jardincillo que cuidaba. Había crecido mucho. Era una muchacha espigada y seria, con el cabello liso y brillante, muy rubio, apretado en una trenza, que le caía sobre la espalda. Los domingos se ponía los largos pendientes de plata que fueron de su madre, y que, al mover la cabeza, tintineaban tan suavemente que sólo ella podía oírlos. Había cambiado mucho. Miraba a los chiquillos con altanería, porque se sabía una mujer, o, por lo menos, a punto de serlo.

—Te ensuciarás el traje — dijo, levantado las cejas, como respuesta a la llamada de Jujú.

—Rosalía, ¿es verdad que tú viste a los gitanos?

—¿Qué gitanos?

Jujú intentó explicárselo, pero, colgado de la valla, su postura resultaba incómoda.

—El día que me encontraron en la cesta... y tú recogiste un trocito de manta de colores... y era igual que la mía...

Jujú cayó al suelo. Dio la vuelta a la valla y buscó la puerta. Rosalía no le oía ya. Tiró de la campanilla, y Rosalía apareció, airada:

—¿Qué quieres ahora? ¿No ves que es domingo y tengo que amasar para que mi padre coma pan tierno?

—¿No viste tú a los gitanos, Rosalía?

—¿Quién dice tal cosa? No sé de qué hablas, niño.

—De cuando me encontraron las señoritas, y tú viste a los gitanos...

En aquel momento pasó el hijo del administrador del Duque. Era un chico alto, moreno, con un lunar en el párpado derecho, que siempre llevaba una vara de fresno en la mano. Rosalía se puso encarnada y le apartó a un lado:

—Quita allá, yo no me acuerdo de nada. Olvidas que ya no soy una niña, Jujú, ni sé nada de cosas de niños.

Y Jujú tuvo que subir al tilburí, decepcionado.

Las historias de las tías no le convencían:

—Tú, hermoso mío — decía la señorita Leo, apretándole contra su pecho y aplastándole la nariz contra su camafeo de marfil —, a buen seguro que serías algún príncipe destronado, abandonado por el usurpador al trono. ¿No te das cuenta de que eres bonito y esbelto como un príncipe?

Esto irritaba terriblemente a Jujú, y lo apartaba de su cabeza con abominación.

—Sabiecito mío — decía por su cuenta tía Etel —, tú debes ser hijo de algún guerrero. Eres de pura raza latina: tus pies tienen los dedos del romano, tu cabeza es la de un romano. Algún día sabremos que eres un guerrero, igual a los de...

Esto no desagradaba a Jujú, pero, sinceramente, le parecía improbable. Y se mantenía en una discreta y cálida duda.

La señorita Manu venía a dar al traste con esos sueños:

—Mira, hijo, tú eres un buen campesino. Eso se nota en seguida. Sólo hay que verte montar a caballo... Y, acaso, un gitanillo. Vamos, lleva esa cesta de manzanas al granero, y déjate de lo que has sido: eres lo que eres, y te debe bastar.

Estos razonamientos enfriaban un tanto a Jujú. Pero no tardaba en volver a soñar.

Especialmente, como dijimos, a la hora de la siesta, en primavera, en el rincón más alejado de la huerta.

Tendido sobre la hierba, veía huir las nubes a través de las ramas del ciruelo, y navegaba por un cielo sin fronteras hacia un lugar a donde ni siquiera sabía si deseaba o temía ir. Oía tambores, galopes de caballo, viento y lejanas voces. Cerraba los ojos y, al final, hay que admitirlo, se dormía.

Algunas veces, corría, batallaba con imaginarios ejércitos —el campo de trigo era un ejército dorado y centelleante, por el que se metían Jujú y su tropa con la espada desnuda, bamboleando sus huestes, ante los gritos airados de los campesinos—, o por el lejano bosquecillo de álamos. También el bosque les atraía, y Jujú conocía bien sus senderos y sus vericuetos.

El y su pequeña tropa merodeaban por los alrededores del Campo de los Presos, pero jamás se acercaron abiertamente a él. Un gran respeto les invadía allí. Contemplaba la empalizada, el pardo barracón, las hogueras nocturnas, y sentía una tristeza cálida, apretada, en la garganta. Algo extraño se le agarraba al pecho en estas excursiones y volvía a casa silencioso.

Las señoritas se preocupaban:

—¿No tienes apetito, Jujú?

—¿Te duele la cabeza, tesoro?

—¿Pero es ésa la expresión de un hombre?

Jericó acusaba:

—Le vi rondando el Campo de Presos. Y ése no es sitio para niños.

—¡No vayas allí! — ordenaba imperiosamente tía Manu.

—Hijito, son malas gentes, podría ocurrirte algo — (Leo).

—No son buen ejemplo — (Etel).

Pero éstas le parecían a Jujú palabras huecas. No le iba a pasar nada malo, pensaba. Aquellos hombres presos no le parecían, precisamente, amenazadores, y no comprendía lo del mal ejemplo. Sólo le inspiraban una honda e inexplicable tristeza.

Así pasó el otoño y llegó el invierno. Un invierno muy crudo, por cierto. La nieve amenazaba ya desde mucho antes de Navidad, y los lobos, hambrientos, aullaban en las cumbres del Negromonte.

Por las noches, tapado hasta la coronilla con la manta, Jujú les oía, y sentía una sensación parecida a cuando veía a los presos. Contramaestre ladraba y aullaba al oírles, y Almirante Plum andaba con cautela, con las plumas erizadas. Sólo la señorita Florentina aparecía tan banal e inconsciente como de costumbre.

Los lobos se acercaron en alguna ocasión al pueblo. Salieron grupos de hombres a darles batidas, y Jericó dijo que estaban haciendo grandes destrozos en el ganado.

Así era. También atacaron a los rebaños de las tres señoritas y a las manadas de yeguas y potros de las montañas.

A la salida de la Misa, los domingos, los hombres y las mujeres del pueblo formaban grupos a la puerta de la iglesia, y comentaban lo sucedido. Contaban sus pérdidas, y por todos lados se oían quejas y lamentos. Jujú vio a los pregoneros recorrer las calles, con las trompetas doradas, de borlas azules, y los tambores rojos. Reclutaban hombres para salir a la caza del lobo, y Jujú sentía deseo de acompañales. Se lo pidió a tía Manu:

—Quiero ir a la caza del lobo.

—Me gusta que sientas así. Eres un buen campesino. Pero aún no tienes la edad reglamentaria — contestó ella.

Es preciso advertir que Jujú había pedido muchas veces a tía Manu que le enseñase a manejar el viejo fusil del Abuelo. Tía Manu hacía, a veces, ejercicios de tiro al blanco, y era muy buena tiradora. Pero ella siempre decía:

—Cuando cumplas catorce años. El mismo día por la mañana, apenas desayunes, bajaremos a la huerta y te entregaré el rifle. Pero, hasta entonces, ten paciencia.

Esta vez, sólo Jericó pudo acompañar a los hombres que iban en busca del lobo, y, por cierto, que sin ningún entusiasmo.

Era ya de noche, cuando llamaron a la puerta con grandes aldabonazos. Los hombres volvían por el alto camino del Negromonte. De un palo largo colgaba la piel larga, negra y siniestra del lobo. Su cola casi arrastraba por el suelo. Las mujeres y los niños del pueblo acudieron, corriendo y gritando, al divisar el fuego de las antorchas. Traían zambombas y guitarras, botas de vino y gran alegría. Todos tocaban la piel del lobo, y le insultaban con grandes gritos. La negra piel brillaba al resplandor del fuego, y Jujú sintió un escalofrío, como una culebra o un relámpago a lo largo de la espalda.

Todos se reunieron en la explanada, tras la casa de las tres señoritas, a los pies del Sestil. Las mujeres traían tortas, miel, ron y azúcar. Prendieron una gran hoguera. Juana y Rufa sacaron tazas, vino, jamón y queso. Todos bebían ron y vino caliente con miel, y gritaban y bailaban.

Jujú, arrebujado en su chaqueta, les miraba con ojos redondos y brillantes. No sabía por qué, pero, de pronto, sentía una piedad grande y extraña por aquella piel negra que colgaba del alto palo. «El tenía hambre», pensó..

Estaban en plena fiesta cuando alguien llegó por el camino. Al resplandor de las llamas brillaron los correajes y los tricornios de los guardias. Delante de todos, montado en su caballo, venía el Jefe del Destacamento del Penal. Todo el mundo guardó silencio, y oyeron:

—Váyanse todos a casa. Se ha escapado un preso del Destacamento. Cierren puertas y ventanas, atranquen sus casas y corrales. Estamos batiendo los contornos...

Jujú sintió un golpe en el corazón. Toda la alegría se había apagado. Hombres y mujeres se levantaron, recogieron sus cosas y se alejaron, llenos de silencio y miedo. Tía Manu dijo:

—Ya hemos oído. Otro lobo ronda estos lugares. Encerrémonos bien.

Arrojaron agua a la hoguera, recogieron rápidamente sillas, mesas, tazas y comida. Allá a lo lejos, hacia el pueblo, Jujú vio desaparecer la última antorcha. Sentía un nudo en la garganta.

Aquella noche la famosa ronda de «la caza del ladrón» fue más minuciosa y concienzuda que nunca. Atrancaron puertas y ventanas, y registraron incluso debajo de las camas. Todo estaba en orden.

Una vez acostado, Jujú se arrebujó en su manta. Mil galopes de caballos, y de ideas, y de miedo, recorrían su cabecita. Contramaestre se acomodó a sus pies, un tanto tembloroso. En el cabezal de la cama se posó la señorita Florentina, y Almirante Plum permanecía oculto, según su costumbre.

Tardó mucho en dormirse. Cuando despertó, aún antes de que tía Manu llamase a su puerta, y que el despertador lanzase su potente chillido, Jujú corrió a la ventana. El cielo aparecía gris y luminoso, como un techo de aluminio. Durante la noche había nevado, y todo estaba blanco, reluciente.

5. JUJU RECIBE UN SUSTO

Un gran viento bajó de las montañas y estremecía la vieja casa.

Apenas bajó al comedor, y se sentó frente a las tostadas, la manteca y el gran *bol* de café con leche, Jujú miró, suplicante, a tía Manu.

—Hoy no hará falta entrar leña, ¿verdad? Creo que ayer apilé suficiente.

—¡Sueñas! —dijo la señorita, que ya había terminado de desayunar y se calzaba las altas botas de goma—. Precisamente hoy debemos reforzar la provisión. Vamos, Jujú, no es tan horrible traer desde el cobertizo a la cocina unas pocas brazas de leña.

«Y desde la cocina a las habitaciones», suspiró Jujú. Pero de sobras sabía que era inútil discutir con tía Manu.

Así pues, salió al zaguán, descolgó el impermeable amarillo, se lo puso, y se calzó, a su vez, las botas de agua.

La nieve cubría suelo y tejados, lo menos con palmo y medio de espesor. A traves del cristal vio cómo el viento levantaba la nieve y la arrojaba contra los balcones y los muros. Heroicamente, Contramaestre, aunque temblando de frío bajo su mantita azul con galones, le siguió.

Afuera, el viento gritaba de un modo bajo y lúgubre, y Jujú se estremeció. Hacía frío, verdaderamente frío, lo que se dice frío.

Se encaminó hacia el cobertizo-garage. Estaba apartado de la casa, junto al caminito que llevaba a los establos. Era de piedra gris y techumbre de pizarra. Estaba algo ruinoso, y allí, además de la leña, guardaban el viejo Ford y los aperos de labranza.

La puerta crujió con un largo gemido, y el viento y la nieve entraron. Contramaestre saltó dentro, y Jujú le siguió. Una vez dentro, se sacudió la nieve del impermeable y pateó en el suelo.

Junto a la puerta, sobre un arcón donde guardaban las herramientas, estaban el farol y las cerillas. Jujú lo encendió, porque apenas si una tenue claridad entraba por el ventanuco opaco por la suciedad. A la luz del farol brillaron los faros del viejo Ford. Era un trasto alto, pintado de rojo, con capote de hule. Jujú solía limpiarlo cuando tenía humor, y hasta llegó a sacar brillo de los mohosos metales. Pero las gallinas penetraban en su interior, y sobre todo una de ellas, Juanita Colorina (orgullo de la señorita Leo por los hermosos huevos dorados que ponía), se empeñó, en cierta ocasión, en anidar sus polluelos justamente en el asiento del conductor. Jujú soñaba con ponerlo en marcha algún día: levantarse muy de madrugada, antes de los gritos y chapuzones de tía Manu, y darse un paseíto. Pero aún no se atrevía, a pesar de que leyó en un libro algunas instrucciones respecto a lo que se debía y no se debía hacer para ponerlo en marcha.

Contempló con ojos nostálgicos y soñadores el viejo automóvil. En los estribos brillaban algunas briznas de paja. Colgaban del techo telas de araña, formando embudos. Aquel lugar siempre le inspiraba un cierto respeto. Jujú se sopló los nudillos.

Apenas había dado unos pasos, cuando creyó oír un ruido extraño. Contramaestre empezó a gruñir extrañamente, bajando la cabeza.

—¿Qué tiene usted, Contramaestre? —preguntó Jujú—. Vamos, ¿qué le ocurre?

Pero Contramaestre temblaba ahora de pies a cabeza, y no dejaba de gruñir. Miraba al viejo Ford con ojos angustiados.

—¿Qué tonterías son ésas? —le reprendió Jujú, con la voz que solía poner la tía Manu cuando él demostraba miedo o cobardía ante algo—. ¡Un viejo soldado temiendo a un inútil animal de hierro! ¡Ni que fuera la primera vez que lo ves! ¿Qué tiene de particular nuestro pobre Ford?

Se acercó al coche, e iba a abrir su portezuela, cuando se quedó con la mano en alto, la boca seca y los ojos muy abiertos.

En el interior del Ford, se había movido un bulto. Jujú tragó saliva despacio, pero sus piernas se negaron a moverse.

La portezuela se abrió entonces, bruscamente, y alguien saltó fuera. Jujú ni siquiera pudo retroceder.

Era un hombre alto. No se le veía el rostro, quedaba más arriba del farol. Contramaestre empezó a ladrar espantosamente.

—Haz callar a ese bicho, o lo mato — dijo el hombre, con voz baja y ronca.

Al mismo tiempo, Jujú sintió un brazo de hierro en torno a su garganta, y algo, quizá un cuchillo, brilló. Jujú mantuvo el farol con todas sus fuerzas y vio cómo Contramaestre se lanzaba a morder al hombre. Pero recibió tan terrible puntapié, que fue a chocar contra la pared, dio un gran alarido y cayó desvanecido. Se había dado un espantoso golpe en la cabeza. Entonces Jujú recobró el habla:

—¡Qué ha hecho usted, salvaje! ¡Ha matado usted a mi perro!

Abandonó el farol e intentó correr hacia el pobre Contramaestre. Pero el hombre le puso algo frío en la garganta:

—Te rebano el pescuezo si das un solo paso.

Y añadió:

—No está muerto. Es sólo un golpe.

En efecto, Contramaestre se recuperaba. Se tambaleó sobre sus patitas (como en cierta ocasión en que Jujú le dio pan con vino

y cogió una terrible borrachera). Pero ahora este recuerdo no le hacía reír. Contramaestre había perdido toda su arrogancia y temblaba, con ojos llenos de lágrimas y la lengua colgando. Jujú sintió una rabia sorda.

—Es usted un cobarde —dijo—. Un malvado y un cobarde.

El hombre le sacudió, hasta hacerle dar diente con diente. Levantó entonces la cabeza y le vio. Era muy alto, con un traje burdo y sucio, de pana marrón, y... ¡exactamente, era uno de los hombres del barracón de los presos! Inmediatamente comprendió: aquel hombre era el evadido del Campo.

52

—Ahora, mocito —dijo el hombre, siempre con aquella voz baja y ronca, que, de pronto, empezaba a cautivarle (no sabía si por el pánico o por una extraña atracción)—, vas a ser razonable. De lo contrario lo pagarás muy caro.

—Sí... — a su pesar, Jujú notó su voz temblorosa.

—Deja ese farol a un lado, y escucha.

El hombre se había puesto ahora de espaldas a la puerta, y echaba el cerrojo. En su mano derecha, efectivamente, brillaba un cuchillo. Pero, en su pierna, algo oscuro manaba, y manchaba la tela del pantalón.

—Está herido —exclamó Jujú, débilmente—. Está usted herido, y sangrando...

El hombre estaba muy pálido. Su cara era como una mancha blanca en la oscuridad y sus ojos brillaban ferozmente. «Se parece al lobo», pensó entonces Jujú. Era como la terrible y fascinante piel de lobo, colgando del palo. Un sudor frío le llenó, corrió hacia Contramaestre, se arrodilló a su lado y lo abrazó.

Cuando levantó los ojos vio que los dientes del hombre brillaban. Pero no sonreía.

—Ahora, chico —dijo—, vas a hacer lo que yo te diga, si no quieres pasarlo mal. Dame a ese bicho.

—¿Para qué?

—Dámelo y calla.

—No quiero.

El hombre avanzó hacia él, y le dio un fuerte empujón. Se apoderó del desfallecido Contramaestre y, rápidamente, con una cuerda que llevaba arrollada a la cintura, le ató.

—Tu perro se queda conmigo —dijo—. Mientras hagas lo que yo te diga nada debes de temer por él. Pero si no...

Jujú estaba aterrado. Afuera, el viento gemía tan fuerte, que nadie oiría los ladridos del Contramaestre. Y, por otra parte, era tan ladrador que no hubiera llamado demasiado la atención. Ahora, allí estaba, en poder del hombre, que le hacía un nudo al cuello, y lo ataba a una rueda del Ford.

—¿Lo tiene como rehén? — preguntó Jujú, con voz opaca.

—Eso es, tú lo has dicho. Veo que eres un chico listo.

Jujú se encogió de hombros con amargura.

—Bien, escucha: sí, soy ese fugitivo que ayer tanto cacarearon por ahí. Exactamente soy yo. Pero he tenido mala suerte, y me he herido. Me caí al barranco... Y no podré continuar hasta dentro de un día o dos. Tú me ayudarás.

—¿Yo?

—Sí, tú.

—Pero si yo... pero si yo...

¿Qué iba a decir? ¿Que no pensaba delatarle, aún cuando...? ¿Que sólo quería...? No lo sabía. Temblaba y se sentía arder ahora, tanto como antes se notara helado.

—Lo primero que vas a hacer, es traerme comida. Y algo para vendarme y desinfectarme.

—¿Y si me preguntan por Contramaestre?

—Ese es tu problema.

El hombre esgrimió el cuchillo y Jujú se estremeció.

—Está bien —dijo, débilmente—. Está bien, haré lo que pueda... Pero será después de la clase. Ahora debo llevar la leña a las habitaciones, y luego debo estudiar, hasta mediodía... Sólo hasta las doce. Si puedo escaparme, vendré. Si lo hago de otro modo, *ellas* lo notarán.

—Está bien —dijo el hombre—. Hasta las doce. Ni un minuto más. Ahora, puedes coger la leña.

Con temblores y sudores, Jujú cargó la vieja carretilla, como tenía por costumbre. No quería mirar los ojitos angustiados del pobre Contramaestre, si bien se decía: «se porta como debe, como un soldado».

—¿Cuántas cargas haces?

—Sólo una —dijo el niño—. Por hoy es bastante.

Abrió la puerta, y de nuevo una ráfaga de viento entró y apagó el farol. No se oía nada, ni el respirar. El hombre había desaparecido dentro del Ford.

Jujú empujó la carretilla. Iba como sonámbulo, apenas si le parecía real la nieve saltando bajo la rueda.

Sólo a unos pasos de todo lo que acababa de ocurrir, Jericó, con una pala, quitaba la nieve del camino. Por un momento se dijo: *«Se lo cuento todo, entrarán por sorpresa, y nada le ocurrirá a Contramaestre.»* Pero algo extraño le detenía. No era el miedo. Algo que nacía, como una llamita menuda, dentro de su pecho. Jujú notaba que, a pesar de todo, deseaba ayudar a aquel hombre. Así era, y no de otra manera.

6. JUJU TOMA UNA DECISION

La mañana pasaba lentamente. Tan lentamente, como nunca creyera Jujú que pudiera pasar una mañana. La clase con tía Etel fue una verdadera tortura. No oía las palabras, y los copos de nieve, cayendo y cayendo al otro lado del cristal de la ventana, le hacían pensar en el frío cobertizo, y en lo que albergaba. «Debió entrar esta madrugada, poco antes de la nevada.» Pensó en aquel hombre huyendo, cayéndose barranco abajo, hiriéndose una pierna. «A pesar de todo lo que ha dicho, estoy seguro de que es incapaz de hacer nada malo a Contramaestre. Me apostaría cualquier cosa a que no es capaz de tocarle un solo pelo.» Sin embargo, se sentía desfallecer al recuerdo del pobre Contramaestre, atado al viejo Ford y despavorido.

Tía Etel le preguntaba algo. Se quedó con la boca abierta, sin saber qué contestar.

—¿Qué te ocurre hoy, Jujú? ¿Te encuentras mal?

Jujú negó con la cabeza y hundió la nariz en el libro. Pero no podía atender a nada más que a sus pensamientos. «Si lo encuentra Jericó...», se dijo. Y sentía una gran zozobra, un gran sobresalto, sólo de pensarlo. Decididamente Jujú NO QUERIA QUE EL FUGITIVO FUERA DESCUBIERTO.

«¿Qué habrá hecho?», se dijo. «Tal vez esté purgando una injusticia.» Algo había leído sobre estas cosas. Tras aquellas lecturas, el corazón de Jujú estaba siempre de parte del perseguido, y en contra del perseguidor. Mil ideas bullían en su cabeza, y, lentamente, fue forjándose un plan.

Por fin, sonaron las once y media. Apenas terminó la clase, Jujú salió disparado a la cocina. Empujó la puerta y mil aromá·ticos y deliciosos olores llegaron a su nariz.

Rufa preparaba una gran fuente de verduras, con pedacitos de jamón. Luego se inclinó junto a la boca del horno, lo abrió y regó con coñac un par de hermosos y dorados pollos.

Acababan de amasar, y una hilera de tiernos y blancos panecillos reposaban sobre un paño blanco. Los dedos de Jujú empezaron a inquietarse dentro de los bolsillos. Se acercó disimuladamente a la mesa donde tía Leo vertía crema de chocolate sobre un pastel.

—Tengo apetito —dijo—. Verdaderamente, tengo apetito.

Tía Leo le miró enternecida:

—Claro está, corderito mío —dijo—. Has traído muchas cargas de leña. ¡Con este frío!

Y suspiró. En el fondo de su corazón tía Leo creía que Manu era demasiado severa con Jujú, y desaprobaba sus sistemas educativos. Jujú le lanzó una lánguida mirada, que derritió enteramente el corazón de la buena mujer:

—¿Quieres un bocadito, cariño?

—Sí —dijo él—. Pero más que un bocadito, quiero un buen bocado. Más bien, un gran bocado. Es decir, un bocado enorme.

Rufa le miró de través. No le gustaba que se probara nada antes de las horas reglamentarias, pues consideraba que era «desbaratar los menús».

—Rufa —dijo tía Leo, sin entender aquella mirada aviesa—. Prepara un bocadillo a Jujú.

—¡Lo haré yo mismo! — dijo él rápidamente.

En un momento, corrió a la despensa, que era lo que deseaba. Visto y no visto, Jujú se metió entre el cinturón y la camisa un gran salchichón y un trozo de queso. Luego se subió al taburete y descolgando el gran cuchillo cortó una inmensa lonja de jamón. A su vez, tomó una de las hogazas de pan. La contempló con duda, y, al fin, la partió por la mitad. Hizo el bocadillo más gigantesco que haya existido nunca. Luego, se apropió de un bote lleno de pimienta, lo ocultó bajo el jersey y salió corriendo a toda velocidad.

Al llegar al zaguán se detuvo para respirar. Sacó el salchichón y el queso, los ocultó cuidadosamente bajo la chaqueta y, como una centella, subió al desván.

Una vez en el «Ulises», respiró hondo y se dejó caer en su asiento.

—Ahora —dijo—, deberé tener cuidado, y traer aquí al *polizón* con toda clase de precauciones.

Para no despertar sospechas, bajó la escalera con las manos en los bolsillos y silbando. «Ojalá siga nevando», se dijo. «Así quedarán borradas nuestras pisadas...»

En aquel momento, el gran reloj de carrillón empezó a desgranar sus campanadas. El corazón de Jujú pareció paralizarse.

La puerta se abrió, y, con una ráfaga de nieve y viento, entró en el zaguán tía Manu.

—Jujú, ven a ayudarme —dijo—. Coge una pala y el impermeable.

Jujú tragó saliva.

—¿Qué... qué vamos a hacer...? — balbuceó.

—Vamos a quitar la nieve de la puerta. Eso nos hará entrar en calor. El invierno invita al campesino a la holganza, y, entonces, el verano le coge blando. No, no hay que perder la costumbre del trabajo. ¡Vamos, Jujú!

Jujú sintió que el corazón le caía al suelo. Así, tal como suena: no le hubiera sorprendido nada verlo entre sus dos botas, aleteando, como un pájaro atrapado.

Súbitamente, una idea brilló, como un relámpago. Torció los ojos, se llevó las manos a la cabeza y empezó a gemir:

—¡Estoy enfermo, estoy enfermo, tía Manu! ¡Estoy enfermo!

Tía Manu se quedó con la boca abierta. Ciertamente, Jujú no se distinguía por todo el amor al trabajo que ella hubiera deseado. Pero tampoco hacía esta clase de comedias.

—¡Qué ridícula pamema es ésta! —tronó—. ¿Crees que soy imbécil?

Pero, en aquel momento, apareció tía Etel en lo alto de la escalera. Venía, como de costumbre, cargada de libros y cuadernos, con la pluma ensartada en la oreja derecha y las gafas resbalando sobre su nariz.

—Despacio, hermana —dijo—, despacio... No creo que sea comedia. Hoy, durante la lección, me ha parecido que algo extraño le ocurre.

Jujú le lanzó una tiernísima mirada. En aquel momento, tía Etel —que, por lo general, solía ofrecer un aspecto bastante desastrado—, se le apareció como el Arcángel San Gabriel. Y no le hubiera extrañado que un par de hermosas alas crecieran, de pronto, bajo la toquilla de la señorita.

Como por encanto, apareció tía Leo. Sólo oyó el final de la frase, y lanzó un gemido.

—¡Corderito mío! ¡Ya me parecía a mí que hacías hoy cosas extrañas! ¡Pobrecito mío, que te obligan a trabajar como un hombre y eres sólo un niño...!

Tía Manu se acercó a él y le puso una mano en la frente. Luego le obligó a sacar la lengua, y le miró los dientes, como solía hacer con los caballos.

—Bueno —dijo con voz apabullada—. Bueno..., la verdad es que estás ardiendo.

En un momento, tía Leo y Juana calentaron su cama. Luego tía Leo preparó lo que ella llamaba un «cordial», y que consistía en un vaso de leche caliente con dos huevos batidos, ron, canela y un pellizco de mantequilla, y que tenía la virtud de marear completamente a quien lo ingería.

Una vez acostado, con la bolsa de agua caliente en los pies y un buen fuego en la chimenea, tía Leo le besó en la punta de la nariz y le dijo:

—Procura dormir, cariño. Advertiré que nadie te moleste.

Le dio a beber el famoso «cordial» (que Jujú aborrecía cordialmente, tal como su nombre indicaba). Cuando la puerta se cerró tras la plácida sombra de tía Etel, la habitación quedó en la rosada penumbra que esparcía el fuego, y sólo se oía el tic-tac del despertador. Jujú se sentía bañado de sudor, con el corazón palpitante.

Echó una mirada desesperada al despertador, y vio, con verdadera angustia, que marcaba las doce y catorce minutos. Sintió, en medio del calor, un escalofrío.

—¡Adelante! —pensó—. No se debe perder ni un solo minuto en vacilaciones.

Saltó de la cama, se vistió en un abrir y cerrar de ojos, y colocó la almohada de forma que fingiera un cuerpo, con la esperanza, no muy sólida, de engañar a quien viniera a echar un vistazo.

Sin olvidar el tarro de la pimienta y con las botas en la mano, para no hacer ruido, el Capitán del «Ulises» abrió sigilosamente la puerta y asomó la nariz. Escuchó. Nada se oía. La escalera estaba silenciosa. Salió, pues, de puntillas, y procurando que no crujieran los escalones de madera, trepó hasta el desván. Se encaramó a la escalerilla de mano, y, por fin, entró en el «Ulises».

Una vez allí, Jujú se secó el sudor, se calzó las botas de goma, y se dirigió a la puerta del Pasadizo Secreto. Un suave revoloteo le hizo volver la cabeza. La señorita Florentina se posó en su hombro y le picoteó suavemente la oreja.

—Gracias, señorita Tina —dijo—. La verdad, me gusta que me acompañes. Sí, me gusta mucho que me acompañes. Tú **traes** la buena suerte.

Su corazón se hallaba realmente reconfortado por la presencia de Tina, que, a ojos vista, echaba de menos a su buen amigo Contramaestre. En cambio, el ingrato Almirante Plum brillaba por su ausencia. Sólo se presentaba cuando se trataba de recibir honores. Así era la vida.

Jujú tomó la linterna, y el viejo rifle del Gran Bisabuelo. Luego, respirando hondamente, se hundió en la negrura del Pasadizo Secreto.

La puerta del cobertizo gimió. El viento había cesado y la nieve volvía a caer blandamente, allá afuera. Un sol pálido brillaba sobre la escarcha.

Por la puerta asomó el cañón negro del viejo fusil. Luego, una cabeza encapuchada, y un hombro, y, sobre el hombro, una curiosa e inquieta perdiz.

Cubierto de barro, nieve y musgo, Jujú entró en el cobertizo, y cerró la puerta tras sí.

—¡Salga de ahí! —ordenó con voz firme—. Salga, le estoy apuntando.

Esta frase la había leído muchas veces, y sabía que daba buen resultado. Pero, de pronto, su corazón dejó de latir.

Contramaestre había desaparecido. En el suelo, en el lugar donde el perro fue atado, aparecía la cuerda, abandonada.

—¡Contramaestre...! — murmuró, con los ojos llenos de lágrimas.

Entonces, una voz sonó en las alturas:

—Tira ese cachivache, niño —le dijo—. No te va a hacer falta.

Jujú vio algo que le dejó con la boca abierta.

El fugitivo estaba encaramado sobre la pila más alta de la leña, en el oscuro rincón, y Contramaestre permanecía dulce-

mente arrebujado en su regazo. La mano del hombre acariciaba a Contramaestre, que entrecerraba plácidamente los ojos bajo sus dedos. Contramaestre saltó del regazo del hombre, y con un jadeo amoroso, se lanzó a Jujú moviendo el rabo.

En aquel momento unos ladridos muy distintos a los de Contramaestre sonaron allí fuera.

—Escucha eso —dijo el hombre—. Vienen a buscarme.

Y añadió, con una voz extraña, una voz de pronto tan dolorida y desesperada, que arañó el corazón de Jujú:

—Es inútil. Ya no hay nada que hacer. ¡Maldita pierna...!

Jujú sintió que algo se rompía dentro de él. O que algo nacía, quizá. Era como un grito de rebeldía, mucho tiempo retenido en su pecho. Escuchó los lejanos ladridos, tan conocidos y temidos. Eran los perros rastreadores que usaban los Guardianes del Campo.

—¡Vamos, no pierda el tiempo, sígame! — gritó.

Pero el hombre no se movía. Casi no parecía verle. Estaba, de pronto, quieto, como si no viera ni oyera nada. Jujú se aproximó a la leña, levantó la cabeza y le miró. Era un hombre entrado en años, con el pelo y barba gris. En aquel momento, sus ojos parecían muy lejanos, como perdidos. «Parece un lobo de mar», se dijo. Sí, se parecía a Simbad, a Ulises, e, incluso un poco, a Marco Polo...

—¡Vamos, sígame! —dijo, lleno de angustia. Una rabia extraña le llenaba—. ¡No se quede ahí, sígame!

—No tengas tanta prisa, muñeco —dijo el hombre, con voz helada. Hablaba muy despacio—. Ya me encontrarán.

Entonces, Jujú se alzó sobre la punta de sus pies y gritó:

—¡No sea usted testarudo, yo no le quiero entregar! ¡Yo no le quiero entregar, yo quiero salvarle! ¿Oye? Tengo un buen escondite para usted... Créame, le estoy diciendo la verdad... ¡YO ESTOY DE SU PARTE!

El hombre le miró fijamente. Una sonrisa iluminó su cara:

—¡Lárgate!

Jujú le apuntó con el rifle. De pronto se sentía poseído de una energía diabólica. Por primera vez se sentía un hombre, no un niño. Y su voz sonó muy parecida a la autoritaria voz de tía Manu (que, según Jericó, «no había ser humano en la tierra que se negase a obedecer»).

—¡Sígame inmediatamente! Le advierto que está cargado...

7. EL ENTREPAÑO SECRETO CUMPLE SU FUNCION

Sobre la una de la tarde, los guardias llamaron a la puerta de las tres señoritas.

—Lo siento mucho —dijo el Sargento—. Pero el rastro del hombre nos trae aquí. Desgraciadamente, esta maldita nieve borra las huellas, pero todo indica, según los perros, que ese bandido ronda por estos alrededores. ¿Nos permiten dar un vistazo a la finca? Les rogamos que cierren bien puertas y ventanas.

—Desde luego —dijo tía Manu—. Pero no hemos visto un alma por estos alrededores.

La bendita, la hermosa nieve, caía sin cesar. Caía sobre los tejados, sobre las empalizadas, sobre el suelo. Caía y se espesaba sobre el huerto. Bajo el ciruelo, la nieve cubría espesamente la entrada secreta del pasadizo. La nieve cubría y borraba todas las huellas, y la pimienta esparcida por Jujú, tras sus pasos, despistaba el olfato de los malignos perros de feroces colmillos. Sus aullidos resonaban, repetidos por el eco. Rastreaban sobre la nieve, y sus negros morros lanzaban al aire pequeñas nubecillas de vapor.

—Vamos a dar una batida por la finca —dijo el Sargento—. Permanezcan en la casa, y procuren tener los ojos abiertos y las puertas cerradas.

—¡Quiera Dios que Jujú duerma y no oiga los ladridos! —dijo tía Leo—. ¡Estoy sobrecogida! Subiré a echar un vistazo...

—Déjale dormir — aconsejó tía Etel.

En aquel momento, Jujú acechaba, con la cabeza apoyada en el suelo, junto a la boca que conducía a la escalerilla de mano del «Ulises». El fugitivo ya estaba escondido tras el entrepaño secreto. El camino fue mejor de lo que suponía. Tenía que agradecer a la nieve y a la pimienta la mayor parte de su éxito. En todo lo que duró el trayecto, el fugitivo no había abierto la boca, no había pronunciado una sola palabra. Parecía moverse como si estuviera sonámbulo.

—Ahora —murmuró Jujú, acercándose al entrepaño— tengo que bajar a mi habitación, y fingirme dormido. Usted estese quieto, Señor Fugitivo. No se mueva, y nadie le descubrirá.

Jujú se sirvió un vasito de licor, y lo tragó de un golpe. Tuvo que apretarse la mano en la boca para sofocar el poco digno acceso de tos que le sacudió. No quería, de ninguna manera, que el fugitivo se enterase de aquella debilidad.

—Nadie le va a encontrar ahí —añadió—. Puede usted ser el polizón de mi barco todo el tiempo que quiera. Y cuando sea posible... Tengo un buen plan. Luego hablaremos...

Cuando el silencio llenaba la casa, Jujú se deslizó suavemente por la escalerilla de mano. Bajó, sigiloso como una sombra, y regresó jadeando a su habitación. Se despojó a tirones del pantalón y el jersey, lanzó al aire las botas, y se hundió en la cama, sólo tres minutos antes de que en la puerta repicaran los suaves nudillos de tía Leo:

—¿Duermes, corderito?

La rubia cabeza de la señorita asomó en la habitación. Se acercó a Jujú y le puso una mano en la frente:

—¡Dios mío, estás helado! —dijo, con acento compungido—. ¡Y tiemblas como una hoja!

Jujú abrió un ojo:

—No, tía Leo, te aseguro que estoy mucho mejor.

No le convencía en absoluto permanecer en la cama, ahora que tenía tantas cosas que hacer.

—Pero, cariñito mío, hasta que venga el médico...

Jujú saltó de la cama:

—¡Te aseguro que estoy bien, tía Leo! ¡Nunca me sentí mejor! Seguramente fue un poco de sueño atrasado...

En aquel momento volvieron a oírse los ladridos de los odiados perros. Contramaestre permanecía rígido, con sus inteligentes y sensatos ojos muy abiertos, fijos en Jujú. Nadie entendía al niño como Contramaestre, y, notándolo cerca, Jujú sentía que su corazón se derretía de cariño hacia él.

—Está bien, vístete. Pero hoy no consentiré que Manu te obligue a trabajar. Hoy estarás bajo mi protección, y, así, tal como suena, se lo voy a decir.

—Gracias, tía Leo — dijo el niño. Y la besó (lo que enterneció tanto a la buena mujer que salió de la habitación del niño dando traspiés).

Jujú se vistió en un santiamén, y bajó al comedor.

Había un gran revuelo en la casa. Bajo el retrato del Abuelo y el Gran Bisabuelo, respectivamente (que parecían mirar a todo el mundo con ferocidad y estupefacción a un tiempo), se agitaba el Sargento del Campo, y dos de sus hombres. Tía Leo había servido jerez y galletas, pero nadie parecía apreciarlo.

—Está bien —decía tía Manu, en el momento en que Jujú empujaba suavemente la puerta—. ¡Pueden ustedes registrar nuestra casa de arriba abajo! Aunque les confieso que esta medida me ofende. Y hasta puede que me queje al gobernador. Y usted recordará que mi abuelo fue íntimo amigo del...

—Pero, por Dios se lo ruego, señorita Manuelita —gemía el desesperado Sargento—. ¡Yo le juro que no dudo de ustedes! De quien no me fío es de ese maleante. Puede haberse deslizado en la casa sin que ustedes hayan...

—Búsquenlo —dijo tía Manu—. ¡Vayan, búsquenlo! Pero les aseguro que si hubiera entrado aquí, ¡YO LO SABRIA!

Los ojos de tía Manu brillaban de cólera.

El corazón de Jujú empezó a flaquear de nuevo.

—¡Dios mío! —se lamentó tía Leo al descubrirle—. ¿Por qué te has levantado? ¡Este niño está pálido!

—Déjalo —rugió tía Manu—. ¡Déjale ser hombre, si quiere ser un hombre! ¡Bravo, Jujú, así me gusta! Las enfermedades y todas esas pamplinas se pueden dominar, si uno tiene verdaderamente el espíritu de...

La clase de espíritu que tía Manu predicaba se perdió en las lejanas brumas del olvido, ya que todos los sentidos de Jujú estaban pendientes del Sargento y sus hombres. Rápidamente decidió que debía simpatizar. Sonrió el Sargento, con lo que él suponía el colmo de la cordialidad, aunque el Sargento sólo vio a un niño haciendo extrañas muecas ante él.

—Vaya, niño, no estés asustado —dijo, agachándose y tratando de acariciarle la cabeza (cosa que Jujú evitó violentamente)—. Vamos, no estés nervioso...

—¡Si no estoy nervioso! —protestó Jujú—. Sólo que... ¿me deja que les acompañe?

—Esto no es cosa de niños — dijo el hombre.

—Es que no soy un niño —Jujú levantó la cabeza con orgullo—. ¡Trabajo como un hombre!

La voz tronante de tía Manu vociferó:

—¡Así es, Sargento! ¡Deje al niño que le acompañe, si quiere acompañarle! Y recuerde lo que me prometió: no quiero los perros dentro de mi casa.

El Sargento dirigió una paciente mirada al niño y se encogió de hombros.

Empezó la búsqueda. Jujú, seguido fielmente de Contramaestre y de la estupefacta señorita Tina, lanzó una mirada suplicante a esta última: «Tina, no vengas. Puedes descubrir el entrepaño, como me lo descubriste a mí.»

—Quédate con tía Leo — dijo suavemente a la perdiz.

Pero Tina le seguía, con sus cortas patitas, banal e irresponsable.

—Tía Leo —suplicó—. Quédate a Tina, por favor. No me gusta que venga con nosotros.

Tía Leo le acarició la cabeza, enternecida, y trató de capturar a Tina, pero ella se escondió tras el armario. Jujú aprovechó para escapar.

El Sargento y sus hombres escudriñaron toda la casa. Casi no quedaba nada que revolver. Ante las airadas protestas y los ojos de basilisco de Rufa, volvieron la cocina al revés. Registraron el cobertizo, la leñera, etc. Hasta miraron dentro de las tinajas.

Al fin llegaron al pie de la escalera del granero.

—¿A dónde va esa escalerilla? — dijo el Sargento.

—Al altillo del desván —informó Jericó—. ¡Eso es del niño!

El Sargento miró a Jujú.

—¿Es tuyo?

Jujú notó que aquél era el momento más importante y decisivo de su vida. Llegaron a su recuerdo sus héroes, sus viajes, sus sueños. Jujú sintió que sus rodillas flaqueaban, pero procuró dominar el temblor y sonrió, con lo que imaginaba era la más cautivadora de sus muecas.

—Es mi velero —dijo—. ¿Quiere verlo, usted? ¡Le gustará mucho!

—¿Tu velero?

El Sargento también inició una especie de mueca que pretendía anunciar una difícil y casi incapturable sonrisa.

—Sí, mi velero. Se llama el «Ulises», y, ¡me gustaría tanto enseñárselo! — exclamó, dulcemente, el niño, al tiempo que pensaba: «¡Ojalá te pierdas en la nieve de la carretera y jamás se

te ocurra poner tus sucias botas en la cubierta de mi «Ulises», condenado!»

El Sargento pestañeó:

—¿Sólo se puede subir por esta escalerilla?

—Sí —dijo el niño—. ¡Sólo! — (Mientras, en el interior de sus pensamientos, se abría el Pasadizo Secreto, su olor a humedad)... Pero sonrió.

—¿Vamos, señor?

Casi lo creía dispuesto a retroceder, cuando el Sargento tuvo un súbita decisión:

—¡Sí, vamos! Que no se diga que desprecio la invitación.

Jujú tragó saliva y estiró hacia arriba, cuanto pudo, las comisuras de su boca. Pero más que un síntoma de complacencia parecía que le doliera el estómago.

—Yo le conduzco — dijo. E inició el ascenso.

Notaba tras sí el peso del Sargento. Los viejos escalones que llevaban al «Ulises» crujían bajo sus botas. Sólo el jadeo de Contramaestre le daba ánimos.

Asomó la cabeza al «Ulises». Reinaba la paz. Sobre el alféizar de la ventana descansaba el catalejo del Abuelo, y los dos tubos de estufa (cañones) enfocaban hacia el horizonte.

—Bienvenido al «Ulises» —murmuró Jujú con voz opaca—. Espero que le guste.

El Sargento entró, renqueando. El esfuerzo era demasiado grande para él, que estaba muy gordo. Además, su alta estatura le obligaba a permanecer con la cabeza inclinada bajo el techo.

—¡Bueno, bueno! —dijo—. Es realmente bonito.

Mientras, sus ojos escudriñaban los rincones. Se acercó a la mesa, la miró; a las literas, las palpó; observó las cartas marinas, los libros, el horizonte...

—¡Buena vista, muchacho! — dijo. Y le descargó la mano sobre el hombro.

Jujú sintió como si le hubiera caído en él una de las palas que usaban para despejar la nieve.

—¿Y si tú colaborases conmigo?

—¡Me encantaría!

—Pues bien, mocito. Tú puedes vigilar desde aquí arriba, con tu catalejo... ¡y a la menor sospecha, me avisas!

—¡Así lo haré! ¡Descuide!

El Sargento levantó los ojos. El «Ulises», realmente, no era demasiado grande.

—Bien... ¿esto es todo? ¿No hay ningún camarote..., alguna sala más?

—¿Camarote...? No, señor. Nada más. Esto es todo. ¿No le gusta?

—Oh, sí, me encanta — dijo el Sargento. Pero a la vista estaba que la cabeza le dolía a fuerza de tenerla inclinada.

—¿Vendrá a verme alguna vez, Sargento?

—Acaso, Capitán.

El Sargento se llevó la mano a la altura de la sién y saludó.

—¡Hasta la vista, Capitán!

—¡Hasta la vista, Sargento!

Jujú devolvió el saludo.

Cuando vio desaparecer la gorra del Sargento bajo la trampilla, su corazón creció. Dirigió una mirada desfallecida al entrepaño, y se dejó caer, como si sus piernas fueran de trapo, sobre el flamante y dorado sillón del Capitán.

8. EL MAR, LA INJUSTICIA HUMANA Y VARIAS COSAS MAS

Aún pasó una hora. Quizá dos horas. Jujú no podría saberlo. Nunca en su vida había permanecido tanto tiempo quieto. Es más: INMOVIL. Sólo su corazón, como un relojito, hacía tic-tac, tic-tac, dentro de su pecho, y le indicaba que estaba vivo, y que no era un sueño lo que estaba viviendo. A sus pies, Contramaestre meditaba, tal vez, sobre los rigores de la vida.

Solamente cuando ya no oyó ningún ladrido, cuando la casa se sumió en un espeso silencio, Jujú comprendió que había llegado la hora de la siesta, y que todos dormitaban.

Entonces miró hacia el entrepaño secreto. Casi parecía que todo hubiera sido una pesadilla, o una de las muchas fantasías de Jujú. Allí no parecía haber nadie. Sólo una pared sucia y vieja.

Jujú se acercó. Un gran silencio reinaba en el «Ulises». Había dejado de nevar. Contramaestre gruñó suavemente.

—Vigila la entrada, Contramaestre —dijo el Capitán Jujú—. Al menor ruido, ladras.

Contramaestre se aproximó a la boca de la escalera y se sentó sobre su cuarto trasero.

Jujú se acercó al entrepaño, y apoyó la boca en él:

—¿Está usted bien?

Nada. Parecía que el fugitivo no existiese.

—Está bien, voy a abrir —dijo—. Estamos seguros.

Se encaramó sobre el taburete y apretó el resorte. Luego, descorrió suavemente el falso entrepaño.

No era un sueño. El hombre estaba allí, acurrucado, con las manos en torno a las rodillas. Su cabeza, una maraña gris, descansaba sobre ellas.

—Señor Fugitivo —la voz de Jujú temblaba—. ¿Me oye usted? Puede salir un poco, a estirar las piernas, si quiere...

Entonces el fugitivo levantó la cabeza y Jujú vio de cerca sus ojos, azules y lejanos.

—Eres un buen chico, Capitán —dijo.

Jujú creyó morir de orgullo. Se quedó quieto, sin decir nada. El hombre añadió:

—Te lo agradezco mucho, de veras, te lo agradezco. He oído tu conversación con el Sargento. Ahora sí veo que eres mi amigo.

Jujú intentó reaccionar. De pronto vio la pierna del hombre. Estaba empapada de sangre, seca y negruzca.

—Pero —murmuró con voz ronca de miedo—. Está usted...

—Sí, así es —dijo él—. Estoy herido... Pero tú eres un chico valiente y listo. ¿Quieres ayudarme hasta el final?

—¡Hasta el final!

—Está bien entonces, escúchame... ¿Estás seguro de que nadie puede oírnos?

—Nadie. Los guardias se han marchado. Y los demás duermen la siesta... Además, nunca sube nadie aquí. Y Contramaestre vigila la entrada. ¡Estamos seguros!

El hombre hizo un gesto de resignación. Suspiró levemente y levantó los brazos:

—¡Bien, en todo caso, es la única posibilidad! —dijo.

—¿Quiere salir un poco...?

El hombre se incorporó, trabajosamente.

—Todo hubiera ido bien, a no ser por la herida que tengo en esta pierna. Ante todo, Capitán, debemos curarla. ¿Quieres ayu-

73

darme?... Si consigo curarme, podré huir por el pasadizo, y no te traeré más complicaciones, mucha... digo, Capitán.

—No se preocupe por esto —exclamó el Capitán Jujú, con voz hinchada de orgullo—. La verdad es que estoy acostumbrado.

El hombre le miró fijamente, y, de pronto, por vez primera, sonrió. Tenía la cara morena, tostada por el sol y cubierta de finas arrugas. Sus ojos brillaban en ella, como dos azules piedras, parecidas a la que lucía en el dedo tía Leo y que se llamaba Aguamarina. Este nombre le gustaba a Jujú.

—Usted tendrá hambre —dijo el niño—. He traído estas cosas...

El hombre asintió. Jujú distribuyó rápidamente las raciones. Se sentó y ofreció un asiento al fugitivo. Pero el fugitivo arrastró la pierna con dificultad y unas gotas de sangre mancharon el pavimento. Jujú quedó casi sin respiración.

—Pero... está usted mal —murmuró. Levantó los ojos tímidamente hacia el hombre y vio que estaba más pálido y que su párpado derecho temblaba.

—Bueno —dijo, aspirando aire con fuerza—. ¡Voy a curarle a usted! Sigue vigilando, Contramaestre... Y usted, si le oye ladrar, escóndase. Pero no creo que nadie suba, ahora.

Jujú se deslizó por la escalera y bajó al cuarto de baño. Arrimó un taburete al armario-botiquín y lo abrió. Cogió vendas, alcohol, mercromina, esparadrapo, algodón, unas tijeras... Hay que reconocer que no era demasiado templado cuando se trataba de curar una herida, aunque sólo se tratase de sacar una espina de un pie. Pero, «hay que ser duro», se dijo. Y cogió también unas largas pinzas, aunque sus manos temblaban. Los grifos dorados de la bañera le miraban malignamente, con sus ojitos verdes.

Cuando volvió al «Ulises», todo seguía como lo dejó. Cerró la trampilla y se arrodilló frente al hombre.

—Así estamos tranquilos —dijo. Intentaba por todos los medios que no se le notara el temblor de las manos.

—Déjame a mí —dijo el fugitivo—. Dame las tijeras y el alcohol.

Jujú se lo entregó sin resistencia. Luego cerró los ojos. Cuando los abrió, el hombre seguía manipulando. Había rasgado la pernera derecha del pantalón, y lo arrollaba por encima de la rodilla. Allí estaba la herida, fea y negra. Jujú apretó los dientes, pero todo el «Ulises» empezó a balancearse, y, por primera vez, tuvo la auténtica sensación de que estaban navegando sobre un mar de altas y poco tranquilizadoras olas.

El hombre procedió a lavar la herida con alcohol, y Jujú se levantó y empezó a pasear de un lado a otro, con las manos en los bolsillos.

—Háblame —dijo el hombre, entonces—. Me gusta que me hables.

Jujú se quedó perplejo.

—¿Qué quiere usted saber? —dijo, con voz desfallecida.

—¿Por qué haces esto?

El hombre seguía limpiando su herida. Hablaban los dos con voz ahogada. Jujú se encogió levemente de hombros. El hombre insistió:

—¿Por qué has hecho esto, Capitán?

Jujú se detuvo. De pronto notó que tenía la frente llena de sudor y que no podía detener el temblor de sus manos. Como un desfile, rápido, vertiginoso, pasaron por su cabeza todos los acontecimientos recién vividos: el encuentro en el cobertizo, la huida a través del pasadizo, los ladridos de los feroces perros... Y sólo se le ocurrió decir:

—Esté usted tranquilo. He arrojado pimienta tras nuestros pasos... Y he despistado a los perros.

—Eres muy listo — dijo el hombre.

El hombre quedaba a su espalda, y no se atrevía a volverse y mirarle. El fugitivo repitió:

—Muy listo... ¿cómo se te ocurrió?

—Lo he leído.

—¿En esos libros?

—Sí.

—¿Te gusta mucho leer?

—¡Oh, mucho!... Pero me gustaría más viajar. .

—¿Por qué...?

—No sé... Salir de aquí. Conocer cosas... El mar, sobre todo.

—¿El mar?

Jujú oía la respiración, un poco ahogada, del hombre. De pronto dijo:

—Yo soy marinero.

—¡Marinero!

¡Naturalmente! Aquella piel tostada, aquellos ojos azules, aquella barba enmarañada y gris. ¿Cómo no lo había pensado? Fue tal su emoción que se volvió.

El hombre y él se miraron. Los ojos de Jujú resplandecían.

—Así es, soy marinero. Ya ves... cosas de la vida. No me adapto aquí, tierra adentro. No es lo mío. Lo mío es el mar. Por eso no pude aguantar más... y me fugué.

Jujú asintió. Sentía calor en la cara y el corazón le golpeaba el pecho con fuerza:

—¡Lo comprendo! — dijo. Sin darse cuenta de que, por primera vez, estaba explicándose a sí mismo algo que llevaba mucho tiempo guardado en el corazón. Y añadió:

—Es lo mismo que siento yo, Señor Fugitivo. Lo siento aquí dentro, aunque no lo dije nunca a nadie, porque... bueno, usted ya sabe, vivo entre mujeres, y a las mujeres no se les pueden explicar estas cosas. Pero... usted me dijo por qué hacía esto, y yo... ¿quiere saberlo, Señor Fugitivo, por qué he hecho esto?

El hombre estaba vendándose la rodilla, pero de pronto se había quedado inmóvil. Sus ojos tenían una fijeza extraña, fascinante. Como de un golpe, casi sin respirar, Jujú exclamó:

—Porque, Señor Fugitivo, yo también quiero huir de aquí... Y, ¡sí señor, lo tengo todo muy bien planeado! En cuanto sea posible. Cuando empiece el deshielo, quizá. O antes, huiremos... Yo tengo un caballo, Señor Fugitivo. Y conozco muy bien el camino escondido del bosque, que lleva a la montaña, y... huiremos, usted y yo. Huiremos juntos, muy lejos de aquí, y nadie nos encontrará.

El hombre le puso la mano en el hombro.

—Es una buena idea — dijo.

Su voz sonaba ronca, y, sin saber por qué, le pareció a Jujú que era una voz lejana, como el rumor de las ramas en una noche de viento. Aquel susurro que oía, a veces, al fondo del huerto. Que le transportaba, como la música de tía Leo, a un mundo lejano y desconocido.

—Ya ves, Capitán —añadió el hombre. Y ya no le miraba, sino que volvía a vendarse la herida—. Así es el mundo. Yo nací al lado del mar, viví siempre en el mar, y... no supe pudrirme aquí, lejos del mar. En fin, creo que tu idea no es mala. Sí, huiremos juntos. Huiremos juntos, en cuanto mi pierna vuelva a ser la de antes...

—¿Me llevará con usted? — murmuró, con la garganta seca.

—Te llevaré conmigo.

—¿Veremos el mar?

—¡Mucho más! Nos embarcaremos... Tengo un barco precioso. No es que desprecie tu «Ulises», no señor... Pero mi barco, también merece verse.

—¿Un barco... de verdad?

Jujú creía estar soñando. De nuevo parecía que el «Ulises» atravesara una zona de tormentas y borrascas.

—Sí señor, un velero. Un maravilloso velero, llamado «El Saturno». Nos iremos de este cochino mundo. Te llevaré a países verdaderamente bonitos.

—¿A países...?

—Sí, a mis islas.

—Pero... ¿tiene también usted islas, Señor Fugitivo?

El hombre carraspeó:

—Bien, no puedo decir que sean mías... Pero como si lo fueran. Los habitantes de esas islas, me llaman «El Príncipe». Me esperan, para coronarme de flores. Me adoran. Tú serás mi heredero. Les diré: «Ved, éste es mi hijo. Más que mi hijo, porque a él le debo la vida.» Así que, cuando yo muera, tú serás su Príncipe, también.

Jujú se sentó, incapaz de permanecer más tiempo de pie.

El hombre añadió:

—Pero no creas que te impedirán seguir viajando... No, nada de eso, continuaremos nuestras aventuras, y sólo iremos allí a descansar. Se conforman. Son buena gente.

—Señor Fugitivo —dijo entonces Jujú, con voz temblosossa—. Usted, ¿por qué...?

Se detuvo, intimidado. Pero el hombre levantó la mano, con un gesto casi alegre:

—¿Por qué estaba allí encerrado?... ¡Ah, Capitán, algún día te lo contaré despacio! En fin: ¿has oído hablar de injusticia humana? Tú, que has leído cómo se despista el olfato de los perros con pimienta, y cómo es el mar, en esos libros... ¿No explican en esos libros nada sobre la injusticia humana?

Jujú vaciló. Al fin, asintió con la cabeza:

—Quiere usted decir... pagar culpas por otro... o pagar culpas que no son culpas...

—Todo depende de quien está a un y otro lado de la barrera — dijo el hombre. Trazó con la punta del cuchillo una raya en la madera del suelo. Jujú observó la raya y parpadeó. El hombre clavó la punta del puñal a un lado de la raya y dijo:

—¿Ves? Todo depende del lado desde donde se mire. Las culpas de este lado no son culpas de este otro. Ni las de este otro son culpas de aquel lado.

Jujú pestañeó deprisa.

—¿Entiendes? — preguntó el hombre.

—Bueno. Quizá...

—Pues, entonces... ¿no tendrías un traguito, Capitán, antes de empezar a comer?

Jujú sirvió el extraño licor de frambuesas. El hombre lo contempló con mirada pensativa, y, luego, ante los admirados ojos del Capitán, se lo bebió de un solo trago, Y SIN LA MAS PEQUEÑA SEÑAL DE ESCOZOR EN LOS OJOS.

9. DIARIO DE A BORDO DEL «ULISES»

Aquel libro encuadernado en rojo, empezó a registrar el Diario de a Bordo del «Ulises». Después volvía a su escondite, bajo la litera. Ahora, Jujú comunicaba en él todo lo que a nadie podía explicar

Había empezado, realmente, una vida distinta. Jujú se sentía cambiar por momentos. Los días pasaban...

Lunes, enero de 19...

Todo va bien en el «Ulises». El Polizón sale a las horas de la siesta, y a las que no hay nadie cerca. Afortunadamente no tenemos visitas nunca. La escalerilla es demasiado delgada para cualquiera que no tenga mi peso.

Ayer volvieron los guardianes, con el Sargento. Siguen buscándole. Pero no traían los perros. Me canso de esparcer pimienta por todas partes. He gastado todo un pote, y Rufa anda algo escamada. Bueno, la verdad es que Rufa anda escamada por todo. Le desaparecen las chuletas, las croquetas y las empanadillas.

El Polizón es un hombre extraordinario. Conoce los mares de la China y las Islas. Ha vivido con los negros de Africa y con los caníbales del Amazonas. Resulta que el Polizón sabe más que yo de mis libros. A veces, pienso, si los leerá cuando yo no estoy... Bueno, en todo caso, no me parece mal.

Nuestro proyecto sigue en pie. En cuanto empiece el buen tiempo, nos iremos. Esto será así: yo cogeré a Remo e iré con él hasta la Cabaña Abandonada del Bosque (donde yo sólo sé). Ya he fabricado un plano muy claro, y él lo estudia a conciencia. Donde está la Cabaña Abandonada he puesto una cruz bien clara, roja, para que no se pierda. Pero él lo entiende muy bien. Es el hombre más listo que he conocido. Y se puede hablar con él de todo. Verdaderamente, las tías son buenas y las quiero mucho, pero con ellas no se puede hablar de ciertas cosas. Sólo un hombre puede hablar de esas cosas a otro hombre. A veces, pienso que el Polizón podría ser como el padre que no he conocido. Quien sabe... Yo debo tener sangre de marino. No soy ni campesino, ni gitanillo, ni príncipe abandonado, como imaginan las tías. Yo tengo sangre de marino.

Polizón ha hecho la ruta de Marsella a Shangai. Yo iré con él a todas partes. Ha dicho: «Como dos camaradas, dos verdaderos camaradas».

Estoy desando que conozca a Remo. Yo estoy seguro de que Remo resistirá bien la caminata. Seguiremos río arriba. Yo le explico mis planos, y él me explica sus islas. El también las ha dibujado, en el mar azul del mapa, y en las viejas cartas marinas del abuelo. Yo no sabía que existiesen esas Maravillosas Islas. Pues, bueno, él las marca y las explica, que parece que uno las esté viendo. También lo escucha todo Contramaestre, muy serio. Polizón ha aceptado que nos acompañe Contramaestre, porque sin él, yo no me iría nunca. Otra cosa es Almirante Plum, y Tina. Me da un poco de pena pensar en dejar a Tina, pero en el fondo me alegra dejar algo a las tías, cuando yo me vaya.

Hay algo que me preocupa. La herida de la rodilla de Polizón no se cura. Y eso que él la limpia y venda todos los días...

¡Pero se hizo un tajo! Y me parece, me parece, que está infectado. Yo ya he subido todo el alcohol del botiquín. Menos mal que nadie se ha dado cuenta. Bien, lo dejo por hoy. Voy a acostarme. Es tarde, todos duermen, y me creen en la cama. Pero todas las noches, en cuanto ha terminado la «caza del ladrón», yo me trepo al «Ulises», a escribir mi diario.

Polizón duerme. Menos mal que no ronca.

Rezo para que no nos descubran.

Viernes, enero de 19...

El domingo, al salir de Misa, encontramos al Sargento. Me miró muy fijo y dijo:

—¿Qué? ¿Cómo va el oteo desde el «Ulises»? ¿No se ve nada?

—Nada, señor —le dije. Pero el corazón me iba como un motor, casi tenía miedo de que lo oyera.

Todo parece en calma, pero le siguen buscando. De eso estoy seguro. Sé que, cuando parece reinar la calma, se mueven ellos. Polizón también lo sabe, y está inquieto.

Martes, febrero de 19...

Ha pasado algo malo. Polizón tiene fiebre. Esa herida va mal. Va muy mal, y estoy preocupado.

Domingo, febrero de 19...

Polizón no quiere comer. Está muy pálido, lleno de sudor y tiene fiebre. Ayer tarde, empezó a soñar en voz alta, y pasé mucho miedo. Le dejé echarse en la litera, aunque sobresalen mucho los pies, y le tapé con la manta escocesa. Le sequé bien la frente, pero ¡cómo sudaba!

Le di traguitos de licor. He subido, con mil peripecias, una botella de coñac. ¡Si Rufa me descubre estoy perdido! Luego he oído como regañaba a Jericó. A mí me daba pena oír cómo se defendía Jericó, pero... ¿qué voy a hacer yo? No puedo delatarme. Va en juego la vida de Polizón.

Por lo que soñó Polizón, en voz alta, tiene miedo de algo. Bueno, miedo, miedo... no se puede decir. Pero hay algo que le preocupa mucho. Seguramente en su vida hay un gran misterio.

Todo se aclarará cuando podamos huir. Algún día volveremos, y las tías estarán muy viejecitas. Me pone un nudo en la garganta pensarlo. En fin, hay que endurecerse. ¡No se va a ser un niño toda la vida!

84

Cuando volvamos, las tías estarán muy contentas. Yo les traeré chales de seda, collares de jade y marfil, diamantes y telas tejidas en oro y plata. Todo lo que se encuentra en las Islas de Polizón.

Cuando se aclare el misterio de la vida de Polizón, los malvados por cuya culpa fue a parar al Campo, lo pagarán muy caro. Yo me encargo de eso.

Si esa herida se curase...

Martes, febrero de 19...

He hecho algo. Bien, ya está hecho. Tengo que escribirlo en el Diario de a Bordo, porque tengo que desahogarlo. Y debe constar. En fin, ya está hecho.

Ha sido muy doloroso, pero Polizón me ha dado un abrazo. Y eso está muy bien, y me ha gustado. Me ha gustado mucho. Dijo Polizón:

—¡Eres un hombre muy grande, Capitán!

Bueno, lo que hice es esto: la herida de Polizón sigue mal. Yo no sabía cómo debíamos curarla. Entonces, la otra mañana, cuando fui a por leña al cobertizo, vi el hacha. Y se me ocurrió una cosa. Cerré los ojos, la cogí, volví a cerrar los ojos, y... ¡zas! Me di un tajo en la pierna.

Creí morirme de dolor, y corrí a casa. La sangre iba manchando la nieve, pero yo, a pesar del dolor, sentía una alegría muy grande.

La tía Manu se asustó de veras. Creo que es la primera vez que la veo asustada. Y la tía Etel, y la tía Leo (pero en ellas es más corriente). La sangre lo manchaba todo, y Jericó montó en el caballo y fue a por el médico.

Vino don Anselmo, el médico, y me curó. Y así, yo pude ver cómo lo hacía. Para hacerlo igual con Polizón.

Sigue nevando.

Lunes, febrero de 19...

Las heridas van mejorando. La de Polizón y la mía. La mía se iba a curar mucho antes, y, entonces, la infecté, a propósito, para ver lo que hacía el doctor. Bien, eso me ha dado fiebre y un par de días malos. Pero, en cambio, Polizón ha mejorado.

Ahora sí que me quiere Polizón, lo veo muy claro. ¡Cómo me quiere! Estamos leyendo y haciendo proyectos hasta muy tarde.

Los domingos como ayer, son maravillosos. Estuve tocando la guitarra, y, entonces, él la cogió, y... ¡qué bien toca la guitarra Polizón! ¡Y qué música tan maravillosa! Le dije:

—¿De dónde es esa música?

—De mi país.

—¿Qué país es el tuyo?

—¡Qué más da! Es música de las Islas.

Entonces pensé que no sé de dónde es, ni siquiera cuál es su nombre. Pero, no sé por qué, prefiero no saberlo. Para mí, es

Polizón. No sé por qué, pero no quiero saber más.

Contramaestre también le quiere mucho. Se acurruca a sus pies y le mira dulcemente.

Claro que, a mí, sigue queriéndome más que a nadie.

¿Cuándo llegará, por fin, la primavera, y el deshielo? Parece que nunca fuera a terminar de nevar.

Ningún invierno me pareció tan largo...

10. JUJU CUMPLE ONCE AÑOS

El tiempo iba pasando. Después de febrero llegó **marzo**. Después de marzo, abril. La primavera, pues, volvió (como llegan y se van todas las cosas del mundo).

Cierta mañana de abril, a Jujú le despertó un rumor extraño. Abrió la ventana y notó un aire especial.

—Ha empezado el deshielo —decía Jericó—. El río baja peligroso.

Hacía tiempo que las tres señoritas andaban preocupadas por Jujú:

—Es extraño, come más que nunca. Come de una manera verdaderamente desproporcionada, ¡y, sin embargo, yo le encuentro más delgado!

—Está distraído. No estudia con atención. He de explicarle las cosas tres o cuatro veces. Sus ojos te miran y no te ven...

—Todo parece cansarle. No presta atención a lo que le ordeno, trae doble carga de leña, o ninguna, se equivoca en todo, se cae, anda como medio dormido...

Estaban realmente preocupadas. ¿Qué le ocurría a Jujú?

También Rufa, y Jericó, y Juana le veían hacer cosas extrañas. Salir corriendo de la cocina con misteriosos bultos bajo el brazo. Hablar solo. Ya no correteaba por el bosque. Su vida era el «Ulises», y nada más que el «Ulises».

El huerto se despejó de nieve, y una hierba tímida, verde intenso, empezó a asomar, a corros aislados. De los brazos desnudos de los árboles, la nieve se desprendía como polvo de plata, y brillaba la escarcha, igual que trocitos de vidrio, azul, verde y oro, al sol.

—¡El río se ha desbordado! —se lamentaba Jericó—. Se han ahogado dos vacas del alcalde.

Y llegó, nuevamente, un día muy especial: el día del cumpleaños de Jujú. Once años atrás, exactamente, Jujú irrumpió en la casa de las tres señoritas, metido en una cesta.

Siempre, desde aquella noche memorable para ellas, las tres señoritas se esmeraban en festejar la fecha.

Tía Leo fabricaba, con ayuda de Rufa, una tarta monumental, en cuya cúspide ponía siempre una cestita de chocolate, de bizcocho o de azúcar, para recordar aquélla en que llegó a la casa Jujú.

El día amaneció hermoso y brillante. El sol de primavera lucía en el cielo, y el campo olía a tiernas raíces y a ramas jóvenes. El río bajaba crecido, y, por un lado del prado, se desbordó y derribó el muro de piedras.

Antes de que tía Manu llamara a Jujú, él se había vestido y había ya desayunado.

Jujú bajó al establo y contempló a Remo. También el caballito estaba nervioso. Parecía entenderlo todo. Lo montó y galopó por el prado, Contramaestre ladraba tras él. Llegó al borde del río. Parecía furioso, saltando sobre las piedras.

El plan estaba bien estudiado. Al amanecer, Jujú, cargado de provisiones, saldría con Remo y Contramaestre, y esperaría a Polizón en la Cabaña Abandonada del Bosque, donde se reunirían. Desde aquel momento, conduciría Polizón. El mar —pensaba Jujú, como en un sueño—. ¿Cuándo verían el mar?

La voz de tía Manu le sacó de sus pensamientos.

Por dos veces durante el día subió al «Ulises». Polizón lo tenía todo preparado. Pero Jujú se deshacía en explicaciones:

—¿Entiendes bien el plano? Al llegar al otro lado de la chopera, no cruces el puente: es por este lado del río... sigue el camino del bosque y métete por el vericueto, el que nace de los tres robles gemelos. Te llevará directo a la cabaña. ¿No te confundirás?

—Conozco bien los alrededores —le tranquilizó Polizón—. Hace tiempo que los tengo estudiados: cuando salíamos en grupos, a por la leña del invierno. Sé muy bien cómo es toda esta parte del bosque. Lo tengo aquí guardado.

—¿Dónde?

Polizón señaló su frente, con el dedo. Jujú sonrió.

Así pues, llegó la noche —exactamente las nueve de la noche— y el momento de celebrar el aniversario de Jujú.

—Once años —dijo tía Manu, besándole en la frente—. Once años de un hombre hecho y derecho.

—Once años —dijo tía Etel, besándole también—. Once años de estudios y sabiduría.

—Once años — dijo tía Leo, besándole. Le volvió a besar dos o tres veces más, y se secó las lágrimas.

Luego, se apartó a un lado, y tras ella, sobre la mesita, al pie de los retratos de los Abuelos, apareció la tarta más suculenta del mundo. Tenía cuatro pisos y estaba rellena de crema y frutas confitadas. En lo alto lucía una preciosa cestita de chocolate.

Jujú sentía un extraño peso en el corazón. Las contempló y las vio sonrientes, con sus mejores vestidos, olorosas a agua de lavanda y jabón perfumado, con los bien peinados cabellos cubiertos de canas. Le miraban sonrientes, plácidas y confiadas, y de repente se sintió como esos escorpiones que se introducen en las cestas del pan. Pero este sentimiento pasó rápido, abrumado por el vertiginoso recuerdo de la injusticia humana, el hombre perseguido por feroces perros, y el mar. Levantó la cabeza, sonrió y dijo:

—¡Qué tarta, tía Leo!

Luego besó a las tres señoritas y sintió que su corazón se derretía de cariño hacia ellas. Como todo debe confesarse, he de decir que sintió un sospechoso picorcillo en los ojos, a pesar de que no había probado ni un sorbo de licor de frambuesas.

«Este es mi último cumpleaños con ellas» —se dijo—. «Mañana desfallecerán de pena. ¿Y si les dejara una carta de despedida?» Sí, sería lo mejor. Les escribiría diciéndoles todo aquello que su corazón guardaba. Que no se iba por desagradecimiento, ni porque no las quisiera, ni porque...

Pero Juana llegó con el asado, y Jujú y las tres señoritas se sentaron y desplegaron las servilletas. Hasta aquel instante, Jujú fingía no ver el montón de paquetes que se amontonaban bajo la suya. (Todos los años ocurría igual).

Jujú fue deshaciendo los paquetes. Primero apareció un reloj de pulsera (tía Manu).

—Un buen campesino vive pendiente de las horas — dijo ella. Y le besó.

Luego, un lujoso libro de piel roja y oro, donde se leía «Julio César».

—Una buena historia y un gran ejemplo — tía Etel le besó.

Después, aparecieron una docena de pañuelos, con sus iniciales, en todos los colores del arco iris.

—Para tu naricita querida —dijo tía Leo. Y también le besó.

Una idea extraña cruzó por la mente de Jujú. «¿Acaso estoy traicionando a algo, a alguien?». Pero esta idea huyó, como humo al viento. La llamada del «Ulises» era más poderosa que todo. Sin embargo, hizo algo extraño en él. Sin más, se levantó, y abrazó una por una a sus tías, con tal fuerza que las dejó casi sin aliento y con los chales torcidos.

—¡Se hace un hombre! —murmuró tía Manu.

Y se sintieron entre orgullosas y apenadas.

La cena terminó. Tía Leo se dirigió al piano, y Jujú cogió la guitarra. Aquella noche, las canciones llegaron como nunca al corazón de Jujú. Sentía una pena dulce y extraña, como un cálido resplandor. Contempló a las tres señoritas: tía Leo, entregada apasionadamente a la música. Tía Etel, fingiendo escuchar, pero repasando con disimulo, por debajo del chal, las últimas cuartillas escritas. Tía Manu, cabeceando e iniciando suaves ronquidos, sin demasiado disimulo. Juana, Rufa y Jericó, sentados y escuchando, más o menos atentos, o dormitando.

También el Abuelo y el Gran Bisabuelo parecían escuchar.

«Adiós, adiós a todos», pensó Jujú, con algo parecido a un suave ahogo.

Algo debían notar en él las tres señoritas, pues, cuando Jujú bostezó y se frotó los ojos (fingiendo un sueño que en realidad no sentía), les pareció demasiado serio y pálido.

Cuando le dieron las buenas noches, el reloj marcaba las diez y cuarto de la noche. Juana y Rufa se abrigaron en sus toquillas y subieron a su habitación. Jericó fue en busca del farol, y tía Manu descolgó el fusil del Abuelo. Empezaba la «caza del ladrón». Jujú sintió un tironcito en el corazón, se empinó sobre las puntas de los pies y, una a una, les dijo, en el oído:

—Buenas noches, tía Leo. Te quiero mucho. Gracias por tus pasteles.

—Buenas noches, tía Etel. Eres muy sabia. Gracias por tus lecciones.

—Buenas noches, tía Manu. Eres muy fuerte y muy buena. Gracias por tener tanta paciencia conmigo.

Luego, dio media vuelta y echó a correr escaleras arriba.

Las tres señoritas se miraron, un poco desconcertadas.

—¿Qué le pasará? — se inquietó Leo.

—Sí. ¡Está algo raro! — aseveró Etel.

—¡Ah, hermana! Así es la vida: Jujú está creciendo. ¡Ea, basta de palabras, y vamos a la ronda! Mañana hay mucho trabajo.

Pero, aunque no quisiera reconocerlo, tía Manu sentía también un raro cosquilleo de inquietud.

Jujú entró en su habitación. Un resto de fuego moría en la chimenea. Las brasas encendidas parecían trozos de cristal rojo. Las removió con el atizador, y suspiró.

Contempló el reloj, le dio cuerda y comprobó que iba en punto. «Nunca podrá pensar tía Manu lo oportuno que es su regalo», se dijo.

Puso en hora el despertador, para que sonase exactamente a las cuatro de la mañana.

Comprobó que todo estaba en orden. Había ocultado en el armario todos los enseres: la alforja con la comida, la cantimplora con el agua, la brújula, el Diario, el puñalito, el revólver del Abuelo. La verdad, pesaba un poco, pero Remo era fuerte. ¡Había que contar con Remo!

Contramaestre le miraba con ojos redondos y un poco tristes.

—¿Por qué estás triste, Contramaestre? — le dijo. Pero notaba que su voz temblaba. Le acarició la cabeza, y le enfundó la mantita azul con su distintivo de galones dorados.

—¡Bien abrigadito! Las madrugadas son frescas, en este tiempo.

Luego se acostó. Al apagar la luz un extraño desaliento le llenaba. Pero notó el peso de Contramaestre sobre sus pies, su suave respiración, y su calor.

Cuando las tres señoritas entraron a darle el último vistazo, tras la caza del ladrón, Jujú dormía profundamente.

11. EL GRAN DIA AMANECE

—¡RIIIIIING!

Nunca, durante los once años de su vida, el sonido estridente del despertador sobresaltó a Jujú como aquella madrugada memorable. Dio un brinco, una auténtica cabriola en la cama, y se lanzó sobre el despertador, enterrándolo en las profundidades de la manta. A aquella hora en que todo, absolutamente todo, permanecía en el más negro silencio, el destemplado timbre del maldito cachivache parecía querer destruir y derribar las paredes, el techo, y la casa entera.

Jujú se encontró sentado encima, temblando, cubierto de sudor, cuando el grito cesó. Aún estuvo un rato estrujándolo bajo la manta, las sábanas y la almohada. Nunca hubiera creído que aquel sonido pudiera resultar tan frenéticamente escandaloso.

Jujú bajó al fin de la cama. Sobre la cómoda, había una lamparilla rosada, y Jujú la encendió con dedos, a su pesar, temblorosos. En el espejo, encerrado en su marco negro, contempló la cabeza despeinada de un muchacho, con los cabellos erizados, y los ojos redondos y fijos.

Notó la garganta seca, y tragó saliva. Se miró los ojos, la boca, la nariz. Luego se contempló las palmas de las manos. Era extraño, pero de pronto Jujú sintió algo así como si se estuviera despidiendo de alguien: de un niño que fue amigo suyo, en algún tiempo, en algún lugar.

Desechó estos pensamientos y se frotó los ojos.

—Estoy todavía medio dormido — dijo. Y pensó en Polizón. Aquel hombre que había permanecido durante tiempo y tiempo allí arriba, confiando en él. En él, que, al fin y al cabo, sólo era un niño. Escondido en un agujero, saliendo sólo durante las noches y las horas de la siesta, a estirar las piernas por el «Ulises». ¡Qué valor había demostrado! No, no podía defraudarle. Aquel hombre confiaba en él, y le trataba como a otro hombre. Como a un verdadero camarada. No de la manera que pretendía tía Manu, ni tía Etel, ni tía Leo. No. El le trataba exactamente como a Jujú le gustaba ser tratado: como un hombre a otro hombre. Como un camarada a otro camarada. Como dos amigos.

No se le podía defraudar. Habían forjado el plan unidos, llenos de ilusión, en voz baja, con las cabezas juntas. Siseando, para no ser oídos, amparados en las alturas del «Ulises».

Jujú suspiró. No dudaba de que la vida con Polizón le reservaba fabulosas aventuras. Pasaron por su imaginación las islas y todo lo demás. Pero, estaba seguro: algo, dentro del corazón, le decía que nunca olvidaría aquellos días, aquellas noches, aquellas tardes del «Ulises», dibujando mapas, planos. Marcando islas y sueños sobre las cartas marinas del Gran Bisabuelo.

En fin, no tenía tiempo que perder. «Todo ha sido planeado al milímetro, al minuto», se dijo, lleno de orgullo.

El corazón le latía de impaciencia y emoción mezcladas. Sentía unas terribles ganas de marcharse, y una extraña tristeza por dejar todo lo que le rodeaba. La verdad es que Jujú ardía de confusión y deseos entrecruzados.

Pero cuando se elige un camino, se elige. Así que Jujú, por primera vez en su vida, no entró en el cuarto de baño, ni siquiera para lavarse la cara. Se atusó someramente el cabello con el cepillo que había sobre la cómoda, se enfundó en su pelliza de piel y cuero, se calzó las botas...

Pero, ¡cómo crujian! Nunca supuso Jujú que sus botas crujieran de aquella manera. El silencio de la casa aumentaba todos los ruidos de forma alarmante.

Jujú optó por descalzarse y atarse las botas al cinturón. Así, sus pies, enfundados en gruesos calcetines de lana, no producían ruido alguno.

Contramaestre le seguía, con pasos astutos. La señorita Tina dormía. Jujú le lanzó un beso, apagó la luz y abrió la puerta.

Sacó la linterna del bolsillo, y avanzó hacia la escalera.

La faja de luz de la linterna iba marcándole los escalones. Pisaba con gran cuidado, para que la vieja madera no rechinase. Llevaba la alforja al hombro, y sentía junto a la pierna, de cuando en cuando, el tibio roce de Contramaestre.

«Cuánta compañía me haces, amigo», se dijo. Y en aquel momento comprendió que, sin Contramaestre, no hubiera sido capaz de aquella aventura.

Una vez en la planta baja, se dirigió a la cocina. La puerta trasera era mucho más sencilla de abrir que las otras. Debía descorrer simplemente un pasador de hierro, un tanto pesado, pero fácil para él.

A la luz de la linterna, brillaron todos los objetos: las cacerolas y cazos de cobre, los morteros, los cuchillos, las espumaderas, los grandes peroles... «¡Se acabaron las comidas suculentas de Rufa!... Bien, hay que despedirse de todas esas cosas. La vida, de ahora en adelante, es una dura cosa.» Por el hueco de la gran campana del hogar, negra y apagada, Jujú escuchó el suave silbar del viento.

Allí estaba el largo pasador de hierro, cruzado sobre la puerta. Dejó la linterna en el suelo y lo levantó con las dos manos.

Luego, abrió.

Una bocanada de aire, frío y limpio, le dio en la cara. Oyó el viento, sobre la hierba, y los mil rumores del campo. Un resplandor plateado llegaba del cielo, y vio brillar el rocío helado, como finísima nieve, sobre la hierba.

—Adelante — murmuró Jujú, con voz ahogada. Apagó la linterna, y cerró suavemente la puerta tras su espalda.

Avanzó un trecho descalzo, y notó la humedad del suelo a través de la lana de los calcetines. Se sentó sobre un banquillo (donde acostumbraba a fumar melancólicamente Jericó) y se calzó las botas.

Contramaestre temblaba bajo su mantita azul. Su rabo daba señales de agitación: parecía una hélice.

—Vamos, Contramaestre, ánimo — dijo el Capitán.

Salieron al jardincillo, saltaron la cerca y se dirigieron a los establos. Allí reinaba un gran silencio. Abrió la puerta, muy despacio y levantándola hacia arriba con todas sus fuerzas, pues era ésta la única manera de que no rechinase.

Remo permanecía alerta, con sus hermosos ojos brillantes. Jujú le acarició y dijo mil ternezas al oído. Luego lo ensilló, echó la manta y la alforja sobre su lomo, y lo montó.

En el último momento creyó descubrir una súplica en los ojos de Contramaestre.

—¡Arriba, amigo! — le dijo, compadecido.

Contramaestre no se hizo repetir la orden. De un salto se subió sobre el pesebre, y de otro, fue a caer en el regazo de Jujú.

—Suerte tenemos de que eres tan pequeñito —dijo el niño—. ¡Si llegas a ser como Guro, el mastín del alcalde!

Contramaestre pareció sonreír, y su rabo chascó como un látigo contra el cuero de la silla.

—¡Adelante, Remo! — Jujú golpeó suavemente los flancos de su caballito, y éste obedeció.

Con un trotecillo que apenas si parecía golpear el suelo, salieron al campo. Y, por fin, se hallaron en el caminillo del bosque.

Jujú volvió la cabeza.

Despacio, tan lentamente que apenas si podía notarse, la casa de las tres señoritas (negra contra el cielo, con su tejado, sus chimeneas, su jardín, huerta, muros y árboles) iba alejándose de él. Desaparecía, en la distancia y en la niebla de la madrugada. Por algún lado andaría la luna, pues se notaba su resplandor en todas partes.

El bosque, en cambio, aparecía cada vez más negro y cercano. Jujú oyó el canto de la lechuza, y un gran frío le estremeció. También las orejitas de Remo se erizaron. Le acarició el cuello y la crin. Contramaestre miraba a todos lados con ojos redondos y vigilantes.

Al fin, tras la huidiza niebla, asomó la luna. Pero enseguida la perdieron, entre las ramas de los árboles. Acababan de entrar en el bosque.

Jujú oía crujir la escarcha, como vidrio triturado, bajo las pezuñas de Remo. El viento, suave y frío, soplaba entre los troncos, y Jujú notaba helada su nariz. Se subió el cuello de la pelliza, para cubrirse las orejas, y Contramaestre se arrebujó más en su regazo. Remo avanzaba con un trotecillo ahora más ligero.

El camino se empinaba, y los árboles se espesaban cada vez más. Jujú se agarraba con fuerza a las crines de Remo.

Al fin, tras una hora larga de camino, el cielo pareció aclararse entre las ramas, y en la cima de una pequeña loma se dibujó la silueta de la Cabaña Abandonada.

Jujú aminoró la marcha de Remo, hasta que se paró. Observó el aspecto de la cabaña. Antiguamente sirvió de albergue a un guardabosques del Gran Bisabuelo. Murió destrozado por un lobo, cierta noche de invierno en que se emborrachó y salió sin escopeta. Aquel guardabosques fue un hombre extraño y temido por todo el mundo. Desde entonces, nadie quería ir a la cabaña, y todos preferían dar un gran rodeo para no pasar por allí. Decía la leyenda que el alma del viejo guardabosques borracho

rondaba por aquellos parajes y asustaba los rebaños y los caballos. Tía Manu se cansaba de decir que aquello eran puras majaderías, pero no consiguió nada de los pastores, y ningún otro guardabosques quiso habitar aquella cabaña. Así pues, hubo de quedar ruinosa y lúgubre, y el camino que a ella conducía —el seguido por Jujú— aparecía por esta causa medio borrado y comido por helechos y jaras. Verdadero espíritu aventurero empujaba al Capitán Jujú, pero confesaremos que, en aquel momento, al contemplar la silueta de la cabaña, con los ojos muy abiertos, el corazón casi se oía a través de su pelliza. Por su parte, Contramaestre tenía todos los pelitos del lomo erizados y temblaba como la hoja en el árbol.

De todos modos, por estas razones —su soledad y su leyenda, que ahuyentaba a las gentes—, era el lugar adecuado y elegido por Jujú y Polizón para su encuentro.

Jujú rechazó los pensamientos poco tranquilizadores y bajó del caballo. También Remo parecía desazonado, y le palmeó el cuello. Al otro lado de la loma, por lo hondo del barranco, se oía el fragor del río crecido. Jujú se estremeció.

—Animo, Contramaestre —dijo—. Nosotros no nos asustamos por cuentos de viejas.

Allá arriba, en el cielo, una luz dorada iba naciendo. Jujú miró su reloj.

—Magnífico —dijo—. Las cinco menos cuarto. Hemos llegado con un cuarto de hora de anticipación. Créeme, Contramaestre, no hay nada como la puntualidad. Cuando los planes se organizan como nosotros hemos organizado el nuestro...

Hablaba en voz susurrante, pues oírse le daba ánimos. La colita de Contramaestre inició un tímido balanceo.

Jujú avanzó hacia la cabaña. En la espalda sentía, pegado, el morro tibio de Reno, y en la pierna derecha el lomo de su amadísimo Contramaestre.

La Cabaña Abandonada estaba rodeada de maleza y espinos. Verdaderamente nadie hollaba aquellos lugares.

De improsivo, algo negro y horrible voló hacia ellos. Jujú sofocó un grito.

—¡No te asustes, Contramaestre! —dijo. Y recibió una reprobadora mirada del perro, porque el pobre no había dicho «esta boca es mía». Quizá fue el terror, pero no se había movido ni un solo músculo de su cuerpo—. ¡Es sólo un murciélago! —añadió Jujú, fingiendo una sonrisa.

Jujú puso la mano en el mohoso picaporte y toda la vieja puerta se puso a rechinar de un solo golpe. La pesada y carcomida madera gemía con un maullido siniestro.

Jujú asomó la cabeza al interior. Todo estaba oscuro. Olía fuertemente a humedad y moho. «Igual que el pasadizo del Gran Bisabuelo», pensó.

Jujú entró, seguido de sus amigos. Incluso Remo entró en la cabaña. Jujú cerró la puerta cuidadosamente y encendió la linterna.

El foco de luz escudriñó la estancia. Todo aparecía en ruinas, cubierto de polvo y telarañas. Oyó el golpeteo de menudas pisadas corriendo despavoridamente de un lado a otro. «Ratas», se dijo. Pero Jujú se acostumbró a ellas en el «Ulises» y no las temía.

También descubrió un farol, igual al que utilizaban para la caza del ladrón, cubierto de polvo espeso y telarañas. Jujú lo examinó con la linterna. Buscó las cerillas y lo encendió. Los cristales estaban tan sucios, que apenas si una claridad amarilla se transparentaba en ellos. Jujú sacó su pañuelo y los limpió cuanto pudo. Todos los postigos estaban cerrados y atrancados con su pasador. «Nadie verá esta luz».

Poco a poco la estancia se ofreció a sus ojos. La negra chimenea, con su cadena y su caldera pendiente. En una esquin' había un camastro, con una sucia manta roída por las ratas.

Ató a Remo al pie del camastro y se envolvió en la manta. No tuvo valor para echarse en el camastro. Prefirió hacerlo en el suelo, con el amado peso de Contramaestre sobre sus pies.

«No podré dormir», pensó. «Pero en cambio descansaré».

No quería apagar el farol. La luz de la llama balanceaba las sombras, y, en la penumbra, todos los muebles y objetos adquirían amenazadoras formas de animales. Pero Jujú estaba bien enseñado por tía Manu a no temer a los fantasmas.

El viento silbaba suavemente en el caño de la chimenea. «Pronto vendrá Polizón, y la maravillosa vida empezará...».

Sin embargo, cinco minutos después, Jujú y Contramaestre, y tal vez Remo, dormían plácidamente.

12. EL RIO

Algo raro ocurría. Algo que no encajaba en lo normal, en lo que debía ser. En medio del sueño, una extraña inquietud se abría paso.

Jujú abrió lentamente un ojo. De repente, se puso en pie de un salto. Su corazón golpeaba sordamente. Despertó a Contramaestre y miró su reloj. La vela del farol aparecía ya moribunda, y la llamita temblaba, agonizando. Las manecillas del reloj marcaban las siete.

—¡LAS SIETE! —gimió, desesperado.

¿Cómo había podido ocurrir? Jujú se sintió invadido por un sudor frío. ¡Se había dormido! Pero...

Pero, ¿cómo no le había despertado Polizón?

Notó que sus rodillas temblaban, y se dejó caer en el taburete. Una nube de polvo le rodeó. Jujú se frotó los ojos y sintió en su rodilla el suave morro de Contramaestre.

—¡No hay que perder la serenidad! —dijo, en voz alta. Pero notó que su voz le traicionaba. Fue a una de las ventanas y abrió el pesado postigo.

En efecto, el día llegaba. El sol doraba los bordes de los troncos y las copas de los árboles. La escarcha empezaba a derretirse.

—¿Qué puede haberle ocurrido? ¿Qué le habrá pasado a Polizón? ¿Le habrán cogido? ¿Le habrán descubierto?

Una sensación de catástrofe se iba abriendo paso en el corazón de Jujú. Algo como un viento muy frío, un oscuro presentimiento llegaba hasta él.

—Si le hubieran cogido, yo habría oído los gritos, los perros... quizá los disparos...

Pero él había dormido, y nada había llegado a sus finos oídos de cazador, pirata, guerrero y algunas otras cosas más.

Jujú se notaba invadido, cada vez más, por aquel raro frío. ¿Qué era? ¿Angustia? ¿Desesperación? No, algo más hondo y triste. Algo que mataba alguna cosa, o muchas cosas dentro de él.

—Contramaestre —llamó, súbitamente.

Contramaestre meneó el rabo.

—¡Vamos a echar a suertes! — dijo.

Sacó del bolsillo una bola de cristal verde, que siempre conservaba como mascota. La guardó en el puño derecho. Luego ocultó los dos puños a la espalda y los volvió a sacar, mostrándolos a Contramaestre.

—En la bola verde está la vuelta a casa, para ver si Polizón se ha dormido o le ocurrió algo malo. En la mano vacía está... bueno, está la posibilidad de que Polizón se haya ido, sin esperarnos, POR EL OTRO LADO DEL RIO.

Casi le dolía decirlo. Si, casi sentía dolor en la lengua, al decir aquello, que era, en su fuero interno, una traición a Polizón. Como la ruptura de algo muy querido: la confianza, la fe en la amistad. Sentía un nudo en la garganta que casi le impedía respirar.

Contramaestre contempló, con ojos tristísimos los dos puños cerrados ante él. Y, como pidiendo perdón con la mirada (que de pronto a Jujú le pareció vieja y sabia), colocó el morro sobre el puño vacío.

Si Polizón había escogido el otro lado del río, se hallaban incomunicados. El único puente existente se alzaba mucho más atrás, y era imposible retroceder hasta él, pues entonces Polizón tenía tiempo de desaparecer para siempre. El río bajaba tan crecido, que era imposible cruzarlo a nado.

—No hay nada IMPOSIBLE —dijo de pronto Jujú.

Porque, ¿acaso no era lo que siempre le había dicho Polizón? Aún resonaban sus palabras en los oídos atentos de Jujú: «Nada hay imposible para un corazón valiente, como el tuyo». Pues bien. Iba a demostrarlo.

Jujú apagó el farol, desató a Remo y, seguido de su fiel Contramaestre, salió de la cabaña.

Llevaba a Remo de la rienda. Notaba las piernas entumecidas. En el aire frío de la mañana su aliento formaba pequeñas nubecillas blancas.

Bajó al río. Efectivamente, el agua rugía como una fiera extraña y desconocida. Tenía razón Jericó, cuando decía que el río desbordado era como un dragón, como un monstruo, que todo lo podía asolar en unas horas. El agua, oscura y rojiza, salpicaba de espuma amarillenta las rocas y el musgo de las orillas; se revolvía, furiosa, y saltaba sobre las piedras, desbordada e incontenible.

Jujú empezó a caminar río arriba. Remo y Contramaestre resbalaban a trechos por las rocas húmedas y llenas de viscoso musgo. Al otro lado, los árboles parecían gigantes ancianos y misteriosos, llenos de una sabiduría lejana y oscura.

Al cabo de un rato, se detuvo. El ruido de la cercana cascada llegaba hasta él. Era un fragor siniestro, que conocía porque Jericó se lo explicó en muchas ocasiones. Nunca había llegado hasta allí, pero creía oír la voz de Jericó, cuando, alguna noche de invierno, junto al fuego, lo describía.

—Ahora o nunca —dijo el niño.

Estaba pálido, y sentía tanto frío como si estuviera en medio de la nieve.

Miró a Remo. Sentía una pena muy grande, por lo que iba a hacer. «No hay más remedio», se dijo. «No puedo exponer la vida de Remo, ni la de Contramaestre.»

Se dirigió a Remo y le abrazó. Sin querer, ocultó la cabeza en su crin y ahogó unas lágrimas. «Hay que ser fuerte», pensaba. Inmediatamente, reaccionó. Ató el caballo a la rama de un árbol cercano. Luego se volvió a Contramaestre, se agachó a su lado y le estrechó contra él. Inútilmente intentó que las lágrimas no le cayeran. Era superior a él. Despedirse de Contramaestre era lo más triste del mundo. Le besó en las orejitas y le colocó su insignia de Capitán.

Contramaestre le miraba, inquieto. Posiblemente no entendía todas aquellas manipulaciones. Luego, sorprendido, vio cómo Jujú sacaba una cuerda del bolsillo. La deslió y, antes de que saliera de su sorpresa, se vio atado al árbol, al igual que Remo.

Entonces, Contramaestre comprendió que había llegado al límite de cuanto su perruno corazón podía soportar. Abrió la boca y lanzó al aire los más tristes y desesperados ladridos. Eran, bien claro estaba, el reproche más amargo que llegara jamás a los oídos de Jujú.

El muchacho dio media vuelta, corriendo, hacia el río. Pero a su espalda los aullidos clamaban sin lugar a dudas:

—¿Cómo haces esto, ingrato? ¿Cómo puedes tratar así a tu más fiel y verdadero amigo, hermano, colaborador, camarada, etc., etc., etc.?

Las lágrimas corrían por las mejillas de Jujú. Tenían un sabor amargo, y le llenaban de ira y de pena a un tiempo.

—¡Espera, amigo, espera! —gritó en su desesperación—. ¡Polizón se ha burlado de mí, pero te juro que se lo haré pagar!

Contramaestre empezó a tironear de la cuerda. Sus aullidos se elevaban por encima de los árboles, por entre las ramas y los troncos.

Al fin Contramaestre rompió la cuerda. Como un rayo corrió tras de su amito. Pero, con el corazón destrozado, apenas tuvo tiempo de ver cómo Jujú, enloquecido de rabia y de pena, se lanzaba al feroz río. Pretendía cruzarlo a nado, para seguir los pasos de su traidor Polizón.

Los aullidos de Contramaestre llegaron hasta el otro lado del río, donde, entre los troncos, un hombre huía, cautelosamente, ocultándose.

De pronto, quedó en suspenso, y sus ojos azules brillaron en la oscuridad del bosque. Intentó reanudar el camino interrumpido, pero los aullidos de Contramaestre, tan conocidos para él, volvieron a detenerle.

Súbitamente, tiró el saco que llevaba al hombro, y volvió sobre sus pasos.

Justo llegó a tiempo de ver cómo, en el centro del río, un niño se ahogaba. Luchando desesperadamente con la corriente, la cabeza de Jujú aparecía y desaparecía en las turbulentas aguas. En la orilla opuesta, Contramaestre lanzaba al aire sus angustiosas llamadas de socorro.

Polizón titubeó. El tiempo era precioso para él. Por un instante, cruzaron mil dudas por su cabeza. Pero sólo fue un instante. Polizón desenrolló la soga que llevaba en la cintura, ató un extremo a uno de los árboles y el otro en torno a su cuerpo. Junto a la orilla había una rama larga vencida por los temporales. Polizón la cogió, y, desafiando la corriente, avanzó. Alargó la rama a Jujú, justo a tiempo de que el muchacho se abrazase a ella.

Luego Polizón lo fue atrayendo hacia sí. La corriente era feroz en aquel punto. En algún instante Polizón se creyó perdido. Pero sacó toda su fuerza, y al fin arrastró a Jujú, tras sí, hacia la orilla.

Una vez a salvo, se dejó caer, rendido, sobre el musgo y las

rocas. Jujú permanecía con los ojos cerrados y el rostro muy blanco, tendido junto a él.

Polizón se incorporó. Ya no era joven, pero sí un hombre endurecido y lleno de tristeza.

—Bien —murmuró—. Ahí te quedas, Capitán. ¡Espero que te encuentren, antes de que te hieles!

Se levantó y recogió el saco. Pero apenas había avanzado unos pasos, cuando los aullidos de Contramaestre le persiguieron de nuevo insistentes y tenaces.

Avanzó un metro, dos. Pero Contramaestre, al otro lado del río, seguía su camino.

Al fin, Polizón arrojó otra vez el saco al suelo, con rabia. Lentamente regresó hasta Jujú.

El niño seguía sin conocimiento. Sus ropas y su cabello estaban empapados de agua. Polizón se arrodilló a su lado y le contempló. Tenía la cara blanca y los labios amoratados. El negro cabello, mojado, se pegaba sobre su frente. Las manos de Jujú abiertas sobre el musgo, daban una gran sensación de vacío.

Polizón sintió como un golpe, pecho adentro. Luego un suave calor se extendía en su corazón. «Me estoy haciendo viejo», pensó. Y añadió en voz alta:

—Bien. Esta es la ocasión de hacer algo bueno, viejo farsante. ¿A qué esperas?

Cogió a Jujú en brazos, lo cargó a su espalda, y empezó a deshacer el camino, iniciado con tantas fatigas.

Mucho más abajo, al llegar al puente, Contramaestre se les unió.

13. EL DESPERTAR

Cierta mañana, ya finalizando la primavera, Jujú abrió los ojos. Este hecho, al parecer tan simple, dio lugar a una gran conmoción.

En torno a la cama de Jujú, las tres señoritas se apretujaban, reían, lloraban, le besaban y le hablaban todas a la vez. También Rufa subió, secándose los ojos con la punta del delantal, y Juana y Jericó se empujaban uno a otro para alzarse de puntillas y mirarle, tras las espaldas de las señoritas.

—¡Tesoro! ¡Rey de la casa! ¡Qué enfermo has estado! —etcétera, etc., etc.

Jujú lanzó una mirada vaga y asombrada alrededor. Luego se incorporó. Pero se sentía débil. Entonces dijo, con voz desmayada:

—¡Tengo hambre!

Estas palabras, tan escuetas y rotundas, hicieron el efecto de un cañonazo en medio de la tropa. Las huestes se desparramaron, y al poco rato, la habitación de Jujú aparecía abarrotada de manjares: pollo, pastel de chocolate, jamón, manzanas asadas, mermelada de frambuesa, bollos tiernos, crema... Pero en aquel instante llegó don Anselmo, el doctor. Llevaba el traje azul de los domingos, con la cadena de oro cruzada sobre el chaleco, y la leontina de jade y marfil. La ocasión era solemne, también para él. Se acercó al niño, le miró los ojos, los dientes, le tomó el pulso, le hizo repetir: *sesenta y seis, Alí-Babá* y *Mozambique* hasta cinco veces. Luego sonrió, complacido, y manifestó:

—¡Este niño ha empezado a recuperarse! Dénle un poquito de caldo y gelatina de pollo.

Rápidamente, los manjares volvieron a la cocina, y Jujú se hundió en un mundo de mimos, palabras tiernas, caldo, y gelatina de pollo.

Desde aquel momento, poco a poco, Jujú fue entrando en la convalecencia. Le dijeron que había estado muy enfermo. El sol doraba suavemente la habitación, tamizado por los visillos, y una tibia paz le reconfortaba.

A sus pies, Contramaestre lloraba de alegría.

—¿Y Remo? ¿Dónde está mi caballito? —preguntó Jujú apenas pudo empezar a reconstruir los hechos.

Las tres señoritas se miraron. Parecía que se resistían a hablar de lo que había ocurrido.

—¿Dónde está? —gimió el niño—. ¿Dónde está Remo? ¡Lo dejé en el bosque...!

Pero tía Manu se apresuró a tranquilizarle:

—Puedes estar tranquilo, Jujú. Remo está muy bien, en su establo, esperando que te pongas fuerte para salir a cazar.

—¿A cazar?

—¿Cómo no? Ahí tengo reservada una hermosa escopeta, Jujú. ¡Te la mereces de verdad!

Jujú sonrió, y no quiso preguntar más.

Sólo dos días más tarde, antes de dormirse, le dijo a tía Leo:

—Tía Leo, ¿quién me devolvió a casa?

Tía Leo se ruborizó. Miró a sus hermanas y, al fin, tía Manu explicó:

—Bien, ya puedes saberlo todo. Te trajo a casa aquel buen hombre. Te llevaba a ti en brazos, y traía a Remo de las riendas... y a Contramaestre de compañero.

Un gran silencio siguió a estas palabras. Tía Leo fingió sumirse en su labor, tía Etel en su lectura y tía Manu en la contemplación de sus uñas.

Repentinamente, tía Manu levantó la cabeza y dijo, con su acostumbrado brío:

—¡Ea, basta de pamplinas! El chico ya está bueno. Debemos cumplir nuestra promesa.

Las otras dos mujeres asintieron.

Tía Manu se levantó con rapidez y fue a la cómoda. De ella extrajo un sobre, y se lo tendió a Jujú.

—Toma —le dijo—. Esto nos lo dio el buen hombre, que Dios bendiga, que te trajo a esta casa. Con ello se jugó su libertad, a cambio de tu vida. No lo olvides nunca, Jujú. Ahora, te dejamos solo, para que puedas leer a gusto.

Tía Manu le entregó la carta, y las tres salieron de la habitación.

Jujú rasgó el sobre. Aún sus manos estaban débiles, pero sentía una rara sensación de seguridad dentro de él.

La carta no era muy larga. Jujú la leyó varias veces. Decía así:

Querido Capitán:

Creo que no he sido honrado contigo. Pero, en fin, más vale tarde que nunca. Cuando te vi sin sentido, comprendí que no podía abandonarte, a merced del frío y de los lobos. Así que, sin pensarlo más, me dije: voy a devolverlo a bordo del «Ulises», que es donde debe estar. Porque un Capitán no puede abandonar su puesto, así como así. Y no sea que coja una pulmonía. Conque, en fin, ya sabía que con eso echaba por tierra mis planes, pero, en definitiva, la cárcel es mi puesto, y estoy acostumbrado. Porque, perdóname, querido Capitán, por todas las mentiras que te conté. Yo no soy un gran aventurero, ni una víctima de la injusticia humana, y todas esas cosas. Yo sólo soy un solemne embustero, que no hizo en su vida nada bueno. Soy un ladrón, un pobre ladrón, y nada más que un ladrón. No conozco ninguna isla y jamás vi el mar de cerca. Pero, todo ese tiempo del «Ulises» ha sido un tiempo muy bueno. Nunca olvidaré el «Ulises», ni al Capitán ni a Contramaestre. Tal vez ha sido el mejor tiempo de mi vida, y cuando te contaba mis aventuras, casi creí que eran verdad.

Ahora, querido Capitán, procura ser un hombre honrado. Protege a tus tías, cuida de ellas, porque ¿quién sino tú puede hacerlo? Sólo te tienen a ti.

Estoy seguro de que, algún día no lejano, conocerás el mar. Entonces, acuérdate de este pobre ladrón, al que tanto le hubiera gustado embarcarse.

Recibe un fuerte abrazo de tu

Polizón

Jujú se quedó pensativo. La carta aún reposaba sobre la colcha cuando el sol, ya rojizo, huía paredes arriba.

Mucho más tarde, entró tía Leo a encender la luz y a preguntarle qué quería cenar. Jujú había guardado la carta, en muchos dobleces, bajo la almohada.

Después de cenar, rodeado de sus tías, dijo únicamente:

—¿Qué ha sido de aquel hombre?

Tía Etel carraspeó:

—Pues... sí, era un gran corazón. Claro está, cuando te trajo, los guardianes no tardaron en cogerlo. Primero lo llevaron al barracón. Pero no tardaron en trasladarlo a otro lugar. Entonces, nos envió esa carta para ti.

Jujú no dijo nada más.

Dos días después, Jujú se despertó impaciente:

—Pero bueno, ¿cuánto tiempo voy a estar en esta cama? ¡Me siento fuerte, tía Manu, estoy seguro de que hay mucho trabajo atrasado! ¿Y mis lecciones? ¡Y... qué hambre tengo!

Al día siguiente don Anselmo le dio permiso para vestirse. Y entonces, se planteó un problema en la casa: ninguna de sus antiguas prendas servían a Jujú. ¡Todo se le había quedado un palmo más corto! Ni siquiera las botas le entraban en los pies.

—¡Qué barbaridad! Envuélvete en una manta, Jujú, hasta que te compremos ropa nueva... —dijo tía Leo, en vista de que Jujú no quería volver a acostarse por nada del mundo.

Envuelto en la manta, Jujú las contempló. De pronto, le parecieron más bajitas, más débiles y llenas de canas. Sintió un gran deseo de trabajar y de estudiar, y de no abandonarlas nunca. Pensó, entonces, que ellas le necesitaban a él más que él a ellas. Y este pensamiento le daba una rara, una honda sensación de seguridad.

Aquella misma tarde, Jericó llegó, sudoroso, del cercano pueblo, con un gran paquete. Traía un traje nuevo, zapatos, camisas... Jujú se vistió. Estaba desconocido.

—¡Es un hombre! —gritó tía Manu, reventando de orgullo.

—¡Alto como una pértiga! —se admiró tía Etel.

—¡Como un chopo! —añadió tía Leo.

Y aquel día, Jujú bajó de nuevo al comedor.

Y volvió al trabajo.

Y al estudio.

Y se hizo más alto.

Y más sabio.

Y más fuerte.

Y un día, tía Etel le consultó algo sobre los romanos, y él le dio una buena explicación.

Y otro día en que tía Leo se torció un tobillo, él la cogió en brazos y la subió a su habitación.

Y otro día, tía Manu hubo de pedirle que recorriera él solo la finca, pues el reuma la tenía baldada.

Y se olvidó del «Ulises». Y de Polizón. Y de Marco Polo. Y de..., pero ¿a qué seguir? Ninguna de estas cosas tiene nada de extraordinario. Pues ya advertí en un principio que, al fin y al cabo, ésta era sólo la historia de un muchacho que, un buen día, creció.

INDICE

COLECCIÓN GRANDES AUTORES